KB078464

武魄
무백

일룸 新무협 판타지 소설
FANTASTIC ORIENTAL HEROES

무백 2

일 륜 新무협 판타지 소설

초판 1쇄 찍은 날 § 2013년 7월 16일
초판 1쇄 펴낸 날 § 2013년 7월 23일

지은이 § 일 륜
펴낸이 § 서경석

편집부장 § 권태완
편집책임 § 정수경
디자인 § 이혜정

펴낸곳 § 도서출판 청어람
등록번호 § 제1081-1-89호
등록일자 § 1999. 5. 31
어람번호 § 제2-2363호

주소 § 경기도 부천시 원미구 심곡2동 163-2 서경B/D 3F (우) 420-822
전화 § 032-656-4452팩스 § 032-656-4453
http://www.chungeoram.com
E-mail § chungeorambook@daum.net

ⓒ 일 륜, 2013

ISBN 978-89-251-3374-4 04810
ISBN 978-89-21-3372-0 (세트)

誅
무백

FANTASTIC ORIENTAL HEROES

2

일륜 新무협 판타지 소설

目次

第一章 청번 잠우   7

第二章 미륵삼불해를 전하다   45

第三章 다시 찾은 임촌   83

第四章 금지된 무공의 위력   117

第五章 암계   153

第六章 아한선생   187

第七章 차도살인지계   219

第八章 강가장의 후손   257

第九章 또 다른 인연   285

第一章 청번 잠우

팟―

잠우의 번이 무백의 얼굴을 노리고 찔러왔다.

무방비 상태라 죽이진 못해도 상처는 낼 수 있을 거라 여긴 공격이었으나, 무백은 짐작이라도 한 사람처럼 번이 지나갈 정도로만 고개를 옆으로 꺾어 피했다.

촤락!

깃대에 말려 있던 깃발이 풀어지며 엄청난 회전과 함께 무백의 목을 찢어발길 듯 달려들었다.

그러나 무백의 신형은 이미 이 장 밖으로 물러나 있었다.

깃대를 피한 후 곧장 미끄러진 것이다.

그제야 잠우는 청번을 회수했다.

"정신을 딴 데 팔고 있었으면서 잘도 피하는군."

잠우는 무백의 반응이 만족스러운 듯했다.

제대로 된 공격은 아직 하지도 않았다는 나름의 경고였던
것이다.

"너는 그들과 많이 다르구나. 이것저것 묻지를 않나, 내 번
을 가볍게 피하질 않나."

잠우는 얼굴을 일그러뜨리며 웃었다.

광대 안쪽과 입 주변에 굵은 선이 그려지며 윗니 몇 개가
드러났다.

아직도 무백은 무기를 꺼내지 않고 있었다.

맨손으론 번을 막을 수 없다는 것을 알고 있을 텐데도 여전
히 도망갈 생각은 하지 않는 모습이었다.

"언제까지 피하는지 볼까? 피하다 안 될 것 같으면 뒈져 버
리라고. 흐흐흐."

잠우의 웃음이 짙어졌다.

차르르―

바람도 불지 않았는데 청번의 깃발이 펄럭였다.

무백과 잠우의 시선이 서로에게 고정된 채 움직이지 않았
다.

콰우우!

잠우가 휘두른 깃발이 회전하며 회오리를 만들었다.

내기로 만들어낸 회오리는 곧장 무백을 덮쳤다.

무백은 섣불리 손을 써 회오리와 부딪치지 않았다. 회오리 뒤의 강렬한 예기를 느낀 까닭이다.

무백의 신형이 뒤로 물러나며 사정권에서 벗어났다.

"눈이 좋아. 그럼 이건 어떠냐."

무백을 공격하던 회오리가 바닥을 때렸다.

쾅!

순간, 기이한 현상이 일어났다.

사라져야 할 회오리가 통겨지며 무백을 재차 덮쳐 오는 것이 아닌가?

무백의 표정이 처음으로 변했다.

예상치 못한 공격이었다.

무백은 슬쩍 시선을 돌려 회오리와 부딪친 땅을 봤다.

큰 구덩이가 생겼어야 할 곳에 넓고 얇게 파인 흔적이 있었다.

보기만 해도 상당한 무게로 보이는 청번을 휘둘러 저 정도의 흔적밖에 남기지 않으려면 내공이 상당한 수준에 이르지 않고는 힘들었다.

회오리가 다시 다가오자 이번에도 무백은 옆으로 몸을 이 동시켰다.

'맨손으론 막기 힘들지?'

잠우는 무백의 반응을 보며 입가에 깊은 주름을 만들었다. 무백은 번과 부딪칠 정도의 호신강기를 펼치지 못하거나 대응할 방법을 찾지 못한 것이다.

잠우의 공격이 더욱 거칠고 강해졌다.

콰콰콰콰!

땅이 파이고 허공이 찢어지며 무백이 피할 곳을 점점 줄여 갔다.

무백의 옷자락이 회오리에 닿아 금시라도 찢어질 듯 펄럭였다.

'무공만 따지면 현재의 금 대인 못지않다. 이런 자를 수하로 부리며 의형님들의 후손을 감시하는 자… 누구냐? 왜 감시를 하는 거냐?'

무백의 궁금함을 풀기 위해서라도 잠우를 제압해야 한다. 허나 잠우의 실력은 적당히 손을 쓸 수준을 넘어선 상태였다.

강대기의 탄궁일권이라면 저 성가신 깃대와 깃발은 물론이고 잠우까지 한꺼번에 날려 버릴 자신이 있지만, 그렇게 되면 궁금함을 풀지 못한다.

'어쩔 수 없지. 어차피 지금은 의형님들의 후손을 찾는 것도 버겁다.'

무백의 양손에 힘이 들어갔다.

잠우가 청번으로 만든 회오리가 지척까지 다가왔다.

무백은 주먹을 가볍게 쥐며 자세를 낮췄다.

뜨거운 열기가 하단전에서 일어났다. 일어난 열기는 곧바로 무백의 양손에 집중됐다.

고오오―

기이한 소리가 주변으로 퍼져 갔다.

'음?'

공격하던 잠우의 귀에 그 소리가 똑똑히 들렸다.

감각이 위험을 경고하고 있었다.

하지만 지금과 같은 유리한 상태에서 물러서는 건 겁쟁이나 할 짓이었다.

잠우는 조금 전까지 피하기만 하던 무백을 떠올리며 깃대를 쥔 손에 더욱 힘을 가했다.

청번의 깃발이 더욱 펄럭였다.

콰콰콰!

회오리는 더욱 거세졌고 깃대를 쥔 잠우의 손에도 변화가 일어났다.

쿵―!

깃대를 쥔 손을 펴 손가락으로 대를 훑어 내리자 회전하고 있던 깃대가 더욱 빠르게 돌기 시작했다.

잠우가 펼친 초식은 신번천대팔식 후반부 중 가장 위력이 강한 천쇄(天碎)였다.

하늘도 부순다.

초식의 이름에서 알 수 있듯이 부딪치는 모든 것을 잘게 부숴 버릴 위력을 가지고 있었다.

깃대를 회전시킨 잠우는 번 끝에 손바닥을 댔다.

짜릿한 회전력이 손을 통해 고스란히 전해졌다.

쾅!

격돌.

무백이 아직까진 버티고 있었다.

깃발이 만들어낸 회오리를 만약에 막아낸다고 해도 이어진 깃대와 깃발의 연속회전은 어찌할 것인가?

잠우의 입가에 웃음이 짙어졌다.

그러나 그 웃음은 곧 굳어지고 말았다.

콰콰콰!

당연히 튕겨 나갔어야 하는 무백이 아직도 자리에서 버티고 있었다.

잠우는 청번 주위로 빨려드는 바닥의 흙들을 봤다.

'이것으로 넌 끝났다. 천쇄의 진정한 위력은 지금부터다.'

잠우가 흙이 회오리 안으로 빨려 들어가는 것을 보고 무백의 죽음을 확신하는 데엔 이유가 있었다.

천쇄는 청번 자체가 지닌 위력도 위력이지만 그보다는 주변의 사물을 암기화시켜 버리는 효과를 부수적으로 포함하고 있기 때문이다.

회오리 안으로 빨려들어 간 흙들은 곧 회전력에 의해 암기가 되어 무백의 전신에 박힐 것이다.

'뭐지? 어째서 여전히 막아내고 있는 거지?'

앞쪽에선 여전히 공격을 막아내는 굉음이 계속해서 나고 있었다.

잠우의 눈에 처음으로 불안함이 담겼다.

지금까지 금지된 무공을 익힌 자들을 수도 없이 처리했지만, 신번천팔대식 전반부 이상을 펼치게 한 자는 없었다.

대개 후반부까지 펼치기도 전에 목이 잘리거나 심장이 뚫려 죽었기 때문이다.

그러나 무백은 달랐다.

신번천대팔식 후반부까지 펼쳤음에도 여전히 무백은 막아내고 있었다.

두근!

잠우의 심장을 바늘이 콕 찌른 것 같았다.

회오리가 만들어내는 경력이 사방으로 퍼져 무백의 상태가 제대로 보이진 않지만 어쩌면 무백은 제자리에서 잠우의 모든 공격을 막아내고 있는지도 몰랐다.

한 번 든 의심.

그것이 만들어내는 틈은 결코 작지 않았다. 특히나 한 번도 스스로의 능력에 의심을 해보지 않은 사람의 경우엔 더욱더.

잠우는 생각이 거기에 미치자 공격하던 힘을 줄여 앞쪽의 상황을 살폈다.

"……!"

무백이 양 주먹을 뻗은 상태로 잠우의 공격을 막아내고 있었다. 권경만으로 제자리에서, 천쇄의 공세를 모두 막아낸 것이다.

제멋대로 흩날리는 흑발과 천쇄의 폭풍이 실려 쏟아진 흙 때문에 옷엔 구멍이 났지만 무백의 눈은 조금도 흔들림이 없었다.

할 게 있으면 더 해보라는 눈으로 잠우를 보고 있었다.

아직 여유가 있다는 뜻이었다.

"이 정도였나?"

잠우는 무백에 대해 자신이 잘못 판단하고 있었음을 인정해야 했다.

금지된 무공을 익힌 자들 중 최강이니 어쩌니 하는 말은 눈앞의 무백에겐 이미 의미가 없었다.

무백은 그냥 엄청난, 처음부터 잠우가 전력을 다해 공격해도 승리를 장담할 수 없는 고수였던 것이다.

그렇다고 포기란 있을 수 없었다.

잠우는 손바닥에 모든 힘을 집중시켜 청번을 다시 밀었다.

푸— 욱!

발을 땅에 박으며 뒤로 물러서지 않게 했다.

전력을 다해 민 청번이 한 뼘도 전진하지 않았다.

"포기를 모르는 자로군."

무백은 잠우의 멈추지 않는 공격에 더 이상은 어쩔 수 없음을 깨달았다.

자신하던 공격이 막히면 다른 수를 찾는 것이 당연했지만 잠우는 집요하게 한곳을 집중적으로 파고들었다. 번을 거두는 순간 죽는다는 것을 알기에 그럴 것이다.

기회를 노려 기습이나 일삼을 것 같은 인상과 달리 잠우의 무공은 강했다.

"이제 그만해야겠군. 이 이상 시간을 끄는 건 강 형님에 대한 예의가 아닌 것 같거든. 탄회하."

무백은 잠우의 번을 막은 상태에서 신형을 쭉 뽑아 올려 허공으로 솟구쳤다.

"헉!"

잠우의 신형이 앞으로 쏠리며 튀어나갔다.

막이 사라지자 그의 힘이 고스란히 살아났기 때문이다.

잠우는 재빨리 청번을 당겨 땅에 꽂은 후 신형을 반대로 돌렸다.

"이건 사기다! 그 상태에서 어떻게 떠올라?"

잠우의 입에서 격한 외침이 터졌다.

그가 전력을 밀어내고 있는 힘이 얼만데 그 힘을 한 순간에 무력화시키며 허공으로 떠오른단 말인가?

그의 상식으로는 이해할 수도 있을 수도 없는 일이 바로 눈앞에서 일어난 것이다.

그러나 그 순간, 잠우는 무백이 피한 곳이 허공이란 것을 떠올렸다.

무백은 다시 떨어진다.

번을 가진 상대에게 맨손으로 허공에 뜬 채 공격을 하려 한다면 그것만큼 바보 같은 짓은 없기 때문이다.

무백에 대한 생각은 거기까지였다.

"멸천(滅天)!"

잠우는 지체없이 하늘에 대고 청번을 수도 없이 찔러댔다. 그러자 깃대의 회전력을 깃발이 고스란히 받아 허공에 거대한 회오리를 만들기 시작했다.

그 수는 하나에서 둘로, 셋으로… 모두 아홉 개가 허공을 가득 메웠다.

무백은 자신을 향해 찔러오는 폭풍들을 보며 짧게 숨을 들이마셨다. 그리고는 다가오는 폭풍 하나에 일권을 날렸다.

쾅!

"……!"

아래쪽에서 올려다보던 잠우의 눈이 커졌다.

청번의 깃발은 웬만한 호신강기쯤은 찢어버릴 정도로 날카롭고 위력적이었다. 그런 폭풍이 무백의 일권에 흔적도 없이 사라진 것이다.

'하지만 아직 여덟 개가 남았다.'

여덟 개의 폭풍이라면 충분히 무백의 주먹을 으스러뜨릴 수 있었다. 아니, 그렇게 믿었다.

무백은 첫 번째 폭풍을 때려 없앤 뒤 다른 폭풍을 향해 다시 일권을 뻗었다.

쾅!

두 번째, 세 번째 폭풍들이 속절없이 무백의 일권을 받아내지 못하고 사라져 갔다. 연속해서 권을 내지르면서도 무백의 권은 조금도 위력이 줄어들지 않았다.

콰콰콰!

허공에서 연속된 폭풍이 터지다 어느 한순간 거짓말처럼 멈췄다.

"어디 얼마나 허공에서 막아낼 수 있는지 보자!"

아홉 개의 폭풍이 깨지자 잠우는 지체 없이 또 다른 폭풍을 만들어 무백을 향해 쏘아냈다.

막 잠우의 변에서 폭풍이 일어난 순간.

무백의 양 주먹이 하얗게 빛을 뿜어냈다.

소리도 없고 반응도 없었다.

바닥에 먼지가 일어났고 둥근 먼지구름이 옆으로 밀려나고 나서야 거대한 굉음이 터졌다.

콰아아앙!

무백은 자신이 만든 거대한 웅덩이에 내려섰다.

웅덩이 한가운데, 청번으로 간신히 몸을 가린 잠우가 칠공에서 피를 흘리며 박혀 있었다.

"쿨럭… 끄르르……."

잠우는 자신이 왜 땅에 박혀 있는지 모르는 눈이었다.

이겼다고 여긴 순간 엄청난 빛덩이가 갑자기 아홉 개의 폭풍과 그를 순식간에 덮치더니 이후의 일은 기억나지 않았다.

"이것이 탄궁일권이다."

'처음에 봐준 건… 내가 아니라 저자였던… 이런 무공이라면… 사, 상부에서 왜 그리… 신경… 쓰는지… 알… 것도…….'

잠우는 눈을 뜬 채 숨을 거뒀다.

비각이 왜 그렇게 금지된 무공을 익힌 자들을 감시하는지 죽는 순간에야 알게 된 것이다.

"상부? 개인이 아니라 세력이었단 말인가?"

무백은 심각한 표정이 되어 웅덩이를 나온 뒤, 밀려난 흙을
향해 발을 굴렀다.

꾸— 웅—!

흙이 쌓여진 곳 아래로 밀려들어 갔다.

"물어볼 것이 있다."

무백의 시선이 허리를 접은 채 곧이라도 심장이 튀어나올
것 같은 눈을 한 진이에게로 향했다.

                    *   *   *

서늘한 아침이었다.

약령은 시원한 공기를 들이마시며 선하연과 두 호선의 앞
을 걸었다.

"저곳인가 봐요?"

뒤쪽에 있던 선하연이 앞쪽에 보이는 계단을 가리키며 물
었다.

"예, 아가씨."

약령은 멈춰 서서 허리를 숙였다.

선하연은 알면 알수록 대하기 힘들었다.

전혀 모르던 빙궁의 체계에 대한 얘기 때문에 그럴 수도 있
지만 선하연 자체가 쉽게 대할 수 없는 분위기를 지니고 있기

때문이다.

"사람들이 많나요?"

"천군상의 기사를 보기 위해 각지에서 몰려들고 있다고 합니다."

"그렇구나."

선하연은 사람이 많다는 말에 살짝 고민하는 표정을 지었다. 많은 사람에 둘러싸여 본 적이 없는 그녀이기에 내키지 않는 것이다.

"아가씨, 아무 걱정 마십시오. 제가 올라가서 정리하고 있겠습니다."

"진 호선."

"예, 아가씨."

"령 제자가 알아서 할 테니 그냥 있어요."

선하연이 약령을 돌아봤다.

약령은 따로 준비한 것이 없기에 바로 대답을 하지 못했다.

"진 호선이 올라가도 괜찮겠어요?"

"아, 아닙니다. 제가 먼저 가서 아가씨께서 곤란하지 않도록 조치를 취해놓고 기다리겠습니다."

진 호선이 올라가면 위쪽의 상황이 어떨지 굳이 상상하지 않아도 알 것 같았다.

"그래줄래요? 고마워요, 령 제자."

"그럼."

약령은 생각 많은 얼굴로 계단을 오르기 시작했다.

일단 조치를 취하겠다고는 했지만 어떻게 올라가 있는 사람을 내려보낼지 고민스러웠다.

"약령, 사람들도 없는데 천천히 올라가."

계단 중간쯤 오를 때 위에서 누군가 약령에게 말을 걸었다. 도를 어깨에 맨 금성문이었다.

"공자님?"

"빙궁의 아가씨를 모시고 온다기에 미리 와봤다. 무시무시한 손님이 데리고 있는 성격 나쁜 할망구가 난리라도 치면 금가장의 평판이 어떻겠냐고. 적당히 사람들에게 양해를 구해 내려보냈다."

금성문은 약령을 지나치며 씨익 웃었다.

약령이 선하연과 두 호선을 모시고 천군상에 가기로 했다는 말을 금율에게 들은 것이다.

"감사해요, 공자님."

"에이, 내가 감사하지. 네가 그 아가씨께 잘 보여야… 험, 험. 내게도 좋지."

금성문은 헤벌쭉 웃으며 계단을 내려갔다.

금율로부터 선하연이 금가장에 온 이유를 듣고 난 이후부터 웃음이 멈춰지질 않았다.

약령은 금성문이 왜 저렇게 웃는지 몰라 의아한 표정으로 돌아봤다가 불현듯 금율의 얼굴이 떠올랐다.

여자가 될 수 있다는 말을 한 것이 분명했다.

약령은 화끈거리는 얼굴을 양손으로 감싸며 계단을 서둘러 올라갔다.

"천천히 가. 그러다 다칠라."

뒤쪽에서 금성문의 걱정스러운 목소리가 들렸다.

약령은 더욱 걸음을 빨리 했다.

계단을 모두 오르고서야 숨을 내쉴 수 있었다.

금성문이 어떻게 했는지 천군상 주변은 텅 비어 있었다.

"고마워요, 공자님."

약령은 자리에 없는 금성문에게 감사를 표하고는 천군상을 향해 다가갔다.

'이상해. 전에도 생각했던 거지만 어째서 천군상의 얼굴은 젊은 영웅의 모습이 아니지? 이 정도로 훌륭한 조각이라면……'

천군상을 조각한 담문이 원래 새기고 싶은 얼굴이 무백의 얼굴임을 모르기에 할 수 있는 생각이었다.

담문의 유언은 자신의 얼굴을 천군상에 새겨달라는 것이 아니라 천군보의를 입은 무백을 새기라는 소리였다.

"대단하네요."

"……!"

약령이 화들짝 놀라 옆을 돌아봤다.

언제 왔는지 선하연이 천군상의 얼굴을 유심히 보고 있었다.

선하연은 한참을 천군상의 얼굴에서 눈을 떼지 못했다.

천군상의 높이 정도는 선하연에겐 바로 지척에 있는 것과 다름없었다.

"이상하네?"

"어떤 점이 이상하신지……."

약령이 곧바로 선하연에게 물었다.

"백 년 전에 새겨진 것치고는 너무 매끈하지 않아요? 그 정도 세월이 흘렀으면 아무리 정교하게 붙어 있었다고 해도 빗물이 스며들었을 텐데 자국이 없어요."

"……!"

약령은 놀란 눈이 되어 천군상 얼굴을 봤다.

선하연의 말을 들은 뒤라 그런지 너무도 매끈했다.

'또 하나. 끝처리가 너무 깔끔해. 저것을 조각한 사람은 조금의 주저함도 없어. 단순히 조각으로만 보기엔 과할 정도로 아름다워.'

선하연은 매끈한 조각 면을 보고 있는 약령을 보며 배시시 웃었다. 그녀가 본 것을 보려고 애쓰는 약령의 모습이 나빠 보이지 않은 것이다.

"이상한 점이 있다곤 해도 좋긴 하네요. 저렇게 기뻐하는 얼굴은 보기 힘들거든요. 저 얼굴을 조각한 분을 찾아 언제고 궁에도 초대하고 싶네요."

여러 번 손을 댄 얼굴이 아니라 한 번에 조각한 것이 분명하다. 천의무봉(天衣無縫)의 경지에 오른 사람이 아닐 수 없었다.

"참, 그 금서각에서 지내는 분이요."

선하연이 갑자기 생각난 얼굴로 약령을 돌아봤다.

"무… 소협을 아세요, 아가씨?"

"금가장에 대해 알고 싶어 금서각에 들렀다가 만났어요. 령 제자는 그분을 잘 아나요?"

선하연은 아무렇지도 않게 물었으나, 약령은 그 호기심에 묻어난 감정을 아주 미세하게 느꼈다.

"아니요. 장주님께서 각별하게 대하신다는 것 외엔 알지 못합니다."

"장주님이? 그럼 개인적인 친분이 있어서 금가장에 온 건가요? 무 소협 얘기로는 무슨 물건을 팔러 왔다고 하던데?"

"예? 그런 얘기까지 나누셨나요?"

"장주님을 금 대인이라고 불러서 이상하다고 하니까 어떻게 금가장에 오게 됐는지 말해 주더라구요."

"그럼 보의에 대해 말했겠군요."

"보의? 어떤 물건인지는 말해주지 않았는데… 어떤 보의를 가져왔는데요?"

"저것과 꼭 같은 보의였습니다."

약령이 천군상의 몸을 가리켰다.

"……?"

"저 천군상에 새겨진 것과 꼭 같은 보의를 가져왔었습니다."

"대단한 건가요? 저 석상만 봐선 잘 모르겠네요."

"장주님께서 그 보의를 보시자마자 극진히 대접하신 걸 보면 대단한 보의이긴 한 것 같습니다."

"극진히? 어떤 물건이기에 그렇게까지 대접을 하셨죠? 그 말을 들으니 한번 보고 싶어지는데요?"

"……"

약령으로선 뭐라 대답할 수 없는 질문이었다.

"흥! 아가씨, 그냥 가져오라고 하시면 됩니다. 그깟 보의 따위가 뭐라고. 아무 걱정 마십시오. 제가 알아서 하겠습니다."

진 호선이 듣고 있기 답답했던지 불쑥 나섰다.

"역시 진 호선이에요."

"그럼요. 제가… 예?"

"이만 돌아가요. 그 보의가 보고 싶어졌어요. 진 호선이 옆에 있어서 얼마나 다행인지 모르겠어요."

선하연이 진 호선을 보고 활짝 웃으며 몸을 돌려세웠다.

칭찬도 자주 받아야 기쁜 것이다.

진 호선은 선하연이 계단까지 가는 동안 제자리에 서서 움직이지 못했다.

"야, 양 호선, 지금 아가씨께서 날 칭찬하신 거지?"

"믿을 수 없게도, 사실이야."

"호호호. 질투는. 양 호선도 언젠간 나처럼 아가씨의 신임을 얻겠지 뭐."

진 호선은 양 호선의 말을 듣고 나서 한껏 고무된 표정으로 선하연에게 다가갔다.

양 호선은 그런 진 호선을 마땅치 않은 눈으로 쳐다봤다. 금가장까지 오는 동안에는 양 호선이 선하연에게 더 많은 점수를 땄다. 그것을 겨우 한마디로 모두 회복해 버린 것이다.

'내가 한다고 할걸 . 내가 하면 더 잘할 수 있는데…….'

통통한 양 호선의 얼굴에 질투심이 가득해졌다.

약령은 두 호선의 눈치를 보며 가장 늦게 천군상에서 움직였다.

"약령, 아가씨께서 너를 안내하려고 힘든 걸음을 하신 게 아니다."

양 호선이 늦게 움직인 약령에게 한마디 했다.

약령의 신형이 곧장 계단까지 날아가 선하연의 옆에 내려
섰다.

             *   *   *

"아저씨, 여기요."

턱이가 흑의를 가져와 무백에게 건넸다.

"고맙다."

무백은 턱이가 건네는 흑의를 받아 들고는 주저 없이 입고
있던 구멍 숭숭 난 무복을 벗었다.

"왜 옷이 그렇게 찢어졌어요?"

턱이는 무백이 옆에 벗어놓은 옷을 물끄러미 바라보며 물
었다. 어제 저녁까지는 멀쩡하던 옷이 아침에 일어나니 엉망
이 돼 있었다.

"좀 굴렀다."

"…그랬겠네요."

턱이는 심드렁하게 반응하고는 무백의 옆에 앉았다.

무백의 말을 믿지 않는 것이다.

"안 가봐도 돼?"

무백은 턱이가 갈 생각을 하지 않자 돌아봤다.

"상처는 없어요?"

"무슨 상처?"

"굴렀으면 상처가 있을 거 아녀요. 금창약이라도 구해오······."

턱이는 무백의 몸에 난 상처를 확인하려다 입만 쩍 벌리고 말았다. 상처는 물론이고 군살조차 보이지 않는 완벽 그 자체의 몸을 보고 놀란 것이다.

"봤지? 약은 필요 없으니 그만 가봐."

"우와, 어, 어떻게 하면 아저씨 같은 몸이 돼요? 세상에··· 무슨 남자 몸이······."

딱!

"아얏!"

턱이가 이마를 감싸며 바닥을 굴렀다.

"어서 일어나 가. 이곳에서 지내려면 네 몫으로 주어진 일은 무슨 수를 써서라도 해내야 돼."

"제가 왜 이곳에서 지내요? 아저씨 떠날 때 같이 갈 건데······."

툭.

무백을 따라 방을 나서던 턱이가 무백의 등에 부딪쳐 다시 바닥에 주저앉았다.

"턱아, 난 할 일이 있어서 곧 여길 떠난다."

"......?"

턱이는 무백을 이상한 눈으로 쳐다봤다.

천천히 돌아선 무백이 앉으며 턱이와 눈높이를 맞췄다.

"네게 미리 말을 했어야 하는데 상황이 좀 그렇게 됐다."

"같이 가요."

"그럴 수 없다."

턱이의 표정이 몇 번이나 변했다.

감정에 솔직한 턱이기에 무슨 생각을 하는지 굳이 묻지 않아도 알 수 있었다.

무백은 미안하다는 말도 하지 않았고 사연도 설명하지 않았다.

"그럼… 다시 오기는 해요?"

"당연하지. 네게 줄 것도 있는데 안 올 순 없지."

"맞다! 돈, 제 돈!"

턱이의 눈이 반짝였다.

정말로 돈을 받으려는 것이 아니라 돈 얘기를 하면 데려갈까 싶어 꺼낸 말이다.

"그래서 네가 여기서 지내야 한다는 거야. 네가 이곳에 있어야 갚을 때 찾아올 것 아니냐."

무백이 턱이의 머리를 쓰다듬으며 웃었다.

"정말 여기에 있으면 되는 거죠?"

턱이는 무백의 말이 진심이란 것을 알고 있었다. 첫 만남부터 지금까지 무백은 한 번도 어리다고 무시하거나 거짓말을 하지 않았다.

누군가에게 자신이 인정받고 있다는 것.

그것이 얼마나 소중한지 무백과 함께 지내는 동안 알게 된 것이다.

"오후에 금 대인을 뵙고 네가 이곳에서 지내도록 부탁할 생각이니 말썽 피지 말고 잘 지내고 있어."

"…예."

턱이는 애써 웃기는 하지만 혼자서 지내야 한다는 생각에 시무룩해지는 건 어쩔 수 없는 모양이다.

"턱아, 내가 없는 동안 네 몸을 잘 살펴봐라."

"제 몸이요?"

턱이가 당장 옷이라도 벗을 것처럼 호들갑을 떨었다.

"그 몸 말고, 네 안에 있는 무언가 말이다. 예를 들면, 이런 거?"

무백이 턱이의 아랫배에 손가락을 갖다댔다.

턱이는 무슨 말인지 몰라 동그란 눈을 꿈뻑대다 갑자기 크게 치떴다.

"이, 이게 뭐예요?"

스멀스멀.

요상한 느낌이 아랫배에서 시작돼 전신으로 퍼지는 것 같았다.

"기(氣)라고 한다. 지금은 내가 움직여 주지만, 잘 찾아보면 네 스스로 움직일 수 있다."

"오!"

"숨을 들이마시고."

"후읍."

"천천히 내뱉고."

"후우……."

"기가 움직이는 게 느껴지지?"

끄덕끄덕.

"지금의 그 느낌을 잊어선 안 된다. 시간 날 때마다 연습하면 비슷한 느낌은 가질 수도 있겠다."

무백이 말을 마치고 손을 뗐다.

턱이는 움직이는 놈들이 갑자기 멈추자 호흡에 집중하기 시작했다.

그동안 무백이 밤마다 주물러 준 덕에 턱이의 몸엔 상당한 진기가 세맥을 통해 흐르고 있었다. 그것만 끄집어낼 수 있어도 턱이에겐 기연을 만난 것과 다름없을 것이다.

옆에서 조금만 지도해 주면 금방 성장할 녀석이었으나 무백에겐 그럴 만한 시간이 허락되질 않았다.

무백은 호흡에 집중하는 턱이를 유심히 바라봤다.

무백이 금율을 찾은 것은 해가 기울어가기 직전이었다.

기별을 따로 하지 않아 기다릴 생각으로 일찍 왔다.

"무 소협, 어쩐 일이십니까?"

무백을 먼저 발견한 사람은 상 총관이었다.

"금 대인을 좀 뵈었으면 합니다."

"지금 말입니까?"

"손님이 계신가요?"

무백이 집무실을 보며 물었다.

안에 사람이 있다는 걸 알았지만 상 총관이 금율을 불러주길 바라며 본 것이다.

"장주님께서도 어려워하는 분들이라, 자리를 비우시기 힘드실 텐데… 잠시만 기다려 보십시오."

상 총관은 집무실로 들어가는 것이 꺼려졌으나 평상시에 무백을 대하는 금율의 모습을 떠올리고 용기를 내기로 했다.

상 총관이 집무실로 사라지고 얼마 안 지나 금율이 껄껄 웃으며 밖으로 나왔다.

"무 소협, 어서 오시구려."

금율은 반갑게 맞아주었다.

"손님이 계시다고 들었습니다. 나중에 기별을 주시면 다시

찾아뵙겠습니다. 오늘 중이면 어느 때라도 상관없으니 기별
을 주십시오."

'오늘 중?'

금율이 의아한 눈으로 무백을 쳐다봤다. 마치 내일 당장 어
디로 떠나기라도 할 것 같은 모습으로 비춰졌기 때문이다.

"금서각으로 갈 생각이시오, 무 소협?"

금율은 무백이 돌아서려 하자 붙잡았다.

지금 잡지 않으면 안 될 것 같은 느낌 때문이다.

"예. 그곳에 있겠습니다."

"잠시만 기다려 주시겠소?"

금율은 다시 집무실로 들어갔다.

그 모습을 옆에서 지켜보던 상 총관은 걱정스런 표정을 지
었다. 집무실 안에 누가 있는지 아는 사람이라면 상 총관과
똑같은 표정을 지을 수밖에 없을 것이다.

"누가 찾아왔는데 그리 급하게 마중을 나가셨습니까?"

금율이 굳은 얼굴로 들어오자 선하연이 웃으며 물었다.

밖에서 나누는 얘기를 모두 들은 선하연이었다.

'무 소협이 나를 보면 놀라려나?'

선하연은 옷을 단정히 매만지며 웃음을 멈추지 않았다.

이상하게도 무백만 생각하면 기분이 좋아진다. 겨우 금서

각에서 잠깐 얘기해 본 것이 전부인데 꽤나 오랫동안 알고 지
낸 사람처럼 느껴지기 때문이다.

"세 분께 실례되는 줄 압니다만, 중요한 손님이 오셔서 나
가봐야 할 것 같습니다."

금율이 정중히 포권을 취하며 선하연과 두 호선에게 양해
를 구했다.

그 순간, 선하연의 표정이 굳었다.

무백에게 들어오라고 해서 자연스럽게 인사도 나누고 하
면 좋잖은가?

굳어진 선하연의 표정을 보고 양 호선의 입꼬리가 올라갔
다. 이때다 싶은 생각이 들자 양 호선은 기다리지 않고 실천
에 옮겼다.

"이 무슨 짓인가, 금 장주! 아가씨께서 계신 자리를 비우고
다른 사람을 만나러 간다? 흥! 아가씨께서 잘 대해주시니 우
습게 보이나, 앙!"

양 호선의 통통한 얼굴에 냉기가 흘렀다.

금율로선 당황할 수밖에 없는 호통이었다.

장원의 주인으로서 긴한 손님이 찾아와 잠시 자리를 비우
겠다는데 그것이 이렇게 화를 낼 일인지 이해를 하지 못했기
때문이다.

더 당황한 이유는, 양 호선의 호통을 선하연이 침묵으로 용

인하고 있다는 것이다.

선하연은 찻잔에 시선을 고정시킨 채 금율을 도와주지 않았다.

무백을 다시 만나면 화제로 삼기 위해 천군상까지 보고 왔다. 이제 자연스럽게 만나서 얘기만 하면 되는데 금율이 다 된 밥에 재를 뿌린 것이다.

선하연은 양 호선이 좀 더 금율을 혼내줬으면 하는 생각까지 들었다.

'아가씨께서 왜 가만히 계시는 거지?'

금율은 선하연을 본 지 이틀밖에 안 됐지만 많은 부분에 감탄을 하고 있었다. 그중 단연 최고는 빙모의 진전을 이었음에도 조금도 건방지지 않고 상대를 배려할 줄 안다는 점이었다.

그런 여인이 잠시 자리를 비우겠다는 금율을 이해하지 못해 화를 낸다?

무언가 금율이 놓치고 있는 부분이 있었다.

"장주님, 밖에 와 계신 분이 누구시죠?"

선하연이 조용히 입을 열었다.

"무 소협이라고, 금가장의 귀빈이십니다."

"귀빈이요?"

"예."

"금가장의 귀빈이라니 대단한 분이신 모양이죠?"

"대단하기도 하지만, 저희 금가장에서 잃어버린 보물을 찾아주셔서 가족처럼 여기는 분입니다. 아주 미남에다… 아! 나중에 기회가 된다면 아가씨께도 꼭 소개해 드리겠습니다. 아주 괜찮은 사람이랍니다."

"언제요?"

선하연이 갑자기 해맑게 웃으며 기대에 찬 눈으로 금율을 바라봤다.

'그저 인사차 한 말인데…….'

금율은 눈앞의 선하연이 요 며칠 동안 봐왔던 그 선하연인지 궁금해지고 말았다.

자리를 비웠다고 표정을 굳히질 않나 미남이란 말에 반색하는 표정이라니.

"그, 그야 언제든 기회가 되면……."

"어머, 기대되는데요?"

"…기, 기대하셔도 될 겁니다."

"그럼 일 보세요."

선하연이 자리에서 일어나며 두 호선을 돌아봤다.

"아가씨, 일어나십니까?"

두 호선은 갑작스런 선하연의 태도에 놀란 눈으로 쳐다봤다.

"여긴 궁이 아니라 금가장이에요. 주인이 따로 있는 곳이라고요. 주인이 일을 봐야 하는데 객이 자리를 차지하고 있으면 곤란하잖아요. 일어나요, 두 분. 장주님, 나중에 다시 찾아뵐게요."

"아가씨, 얘기는 해놓으셔야……."

"다시 오면 되죠."

"시간이……."

진 호선과 양 호선이 무언가 할 말이 있는 눈치였으나 선하연이 아무런 반응을 보이지 않자 자리에서 일어났다.

금율은 세 사람이 무슨 말을 하는지 이해하지 못해 선하연을 돌아봤으나, 이미 선하연은 자리에서 일어난 뒤였다.

막 선하연이 밖으로 나갔을 때였다.

집무실 앞에서 선하연의 밝은 목소리가 들려왔다.

"어머, 무 소협 아니세요?"

집무실 밖에서 선하연의 반가운 외침이 들렸다.

'무 소협 아니세요?'

조금 전까지는 전혀 모르는 사람처럼 말하더니 무백을 알아보고 인사까지 건넨 것이다.

금율은 미간을 찌푸리며 급히 밖으로 나갔다.

무백과 선하연이 어색하게 인사를 주고받고 있었다.

"또 뵙네요."

무백은 웃으며 선하연에게 인사를 건넸다.

금서각에서 잠깐 만났지만 선하연의 미모와 나누었던 대화는 쉽게 잊을 수 없었다.

"네놈 눈엔 우리가 보이지도 않는 게냐?"

진 호선은 못마땅한 눈으로 무백을 노려봤다.

"두 분도 다시 뵙는군요."

무백은 진 호선과 양 호선을 향해 포권을 취했다.

"서생이 무인 흉내는."

진 호선이 한마디를 더했지만 무백은 웃기만 할 뿐 아무런 반응도 하지 않았다.

"무 소협, 오래 기다렸소. 아가씨와 두 호선께서 귀빈이 오셨다고 하니 자리를 양보해 주셨지 뭔가."

"제가 방해를 한 모양이네요."

"방해라니 말도 안 돼요. 한동안 금가장에 머물러야 해서 언제든 장주님을 다시 만나러 오면 돼요."

"고맙습니다, 선 소저."

"아! 안에서 장주님이 무 소협 얘기를 해주셨어요."

"제 얘기를요?"

"가족처럼 지내는 분이라고 하시던데, 그런가요? 사실 저희도 장주님과는 가족이라고 해도 될 정도로 깊은 인연이 있거든요. 안 그런가요, 장주님?"

선하연이 뒤를 돌아보며 금율에게 물었다.

"아가씨!"

진 호선과 양 호선이 다급히 외치며 금율이 대답하지 못하도록 끼어들었다.

두 호선으로선 선하연이 무백과 얘기하는 것조차 막고 싶은 심정이었다. 금율까지 끼어드는 건 결코 용서할 수 없는 것이다.

"무 소협, 선 소저와 두 호선께선 빙궁에서 오신 분들이오. 서로 알고 지내면 좋을 것 같아 선 소저께 언제 무 소협과 함께 식사나 하자고 말씀드렸는데……."

금율은 선하연도 곤란하지 않고 두 호선도 화를 내지 않는 수준에서 중재하듯이 설명을 했다.

"언제든 불러주시면 저야 영광입니다."

무백은 빙궁에 대해 전혀 모르는 사람처럼 담담한 표정으로 말을 받았다.

백 년 전이나 지금이나 무백은 친분을 갖게 된 사람 외엔 큰 신경을 쓰지 않았다. 빙궁엔 아는 사람도 없고 알아야 할 필요도 없기에 나름 자연스럽게 넘긴 것이다.

"흥! 서생이 궁에 대해 알 리가 있나. 귀 열고 똑바로 듣거라. 본 궁은……."

"참! 턱이가 말하던 천군상의 얼굴을 오늘 봤어요. 무 소협은 가보셨어요?"

선하연은 진 호선이 분위기를 어색하게 만들기 전에 말을
자르며 화제를 돌렸다.

"아직 시간이 안 나서 보진 못했습니다."

"그래요? 아쉽네요, 저는 봤는데. 나중에 보시게 되면 알려
주시겠어요? 제가 석상의 비밀 한 가지를 발견했거든요."

"비밀이라니요?"

"묻는다고 말해주면 그게 어디 비밀이겠어요? 다시 뵙게
되면 그때 얘기해 드릴게요."

"기대하겠습니다."

무백은 선하연이 발견했다는 비밀이 뭔지 듣고 싶었으나
그녀의 뒤에서 도끼눈을 하고 있는 진 호선과 양 호선 때문에
더 묻진 못했다.

한마디라도 더 하면 가만두지 않겠다는 협박이 두 호선의
눈에서 줄기줄기 뻗어 나오고 있기 때문이다.

피식.

무백은 두 호선의 시선을 피하며 입가에 미미한 웃음을 띠
었다.

'웃으시네?'

선하연은 무백의 미소를 보았다.

인사를 나눌 때부터 지금까지 무백은 한순간도 긴장한 모
습을 보이지 않았다.

"무 소협, 들어오시게."

금율이 집무실 앞에서 지켜보다 적당한 순간 무백을 불렀다.

"금 대인께서 부르시네요. 그럼, 다음에 또 뵙지요."

"예. 일 보세요."

선하연은 아쉬운 표정으로 무백과 마주 인사를 나누고는 돌아섰다.

'무공을 몰라도 두 호선의 살기를 느끼면 움츠러들 텐데 무 소협은 너무 태연해. 두 호선의 살기 정도로는 위협이 안 된다는 건가? 아니면……'

선하연은 빙긋 웃었다.

무백과 첫 만남은 생각할수록 여러모로 흥미로웠다.

첫째는 사서라고 여겼던 무백이 너무 잘생겨서 놀랐다.

둘째는 남자라는 존재에 관심이 없던 선하연에게 무백의 사연을 궁금하게 만들었다는 것이다.

셋째는 무백이 보여준 아주 작은 동작 하나였다. 선하연을 찾으러 온 두 호선이 금서각 입구에 섰을 때, 분명 무백은 선하연과 거의 동시에 시선을 돌렸다. 마치 두 호선의 기척을 느낀 것처럼.

여러모로 무백이란 사람은 선하연의 호기심을 건드리는 무언가를 갖고 있었다.

第二章

미륵삼불해를 전하다

"떠날 생각입니다."

무백은 금율이 앉기를 기다린 후 밖에 사람이 아무도 없음을 확인하고서야 조용히 말을 꺼냈다.

"언제 말이오?"

"내일 새벽에 떠날 생각입니다."

"준비된 것이 없다 하지 않았소, 무 소협?"

"그래서 더 서두를 생각입니다."

"허! 일이란 것은 서두른다고 되는 게 아니오."

"어제 이곳에 침입한 자객의 일행 뒤를 쫓았습니다."

"자, 자객의 일행?"

금율은 깜짝 놀라 무백을 쳐다봤다.

어제 금율을 노린 자객은 분명 한 명뿐이었기에 무백이 무슨 말을 하는지 이해할 수 없는 눈이 됐다.

"그들을 진벽군이라고 부르는 것 같습니다."

"진벽군?"

"예. 금 대인을 노린 자들은 세 명이더군요. 먼저 나섰던 자객이 제압당하는 것을 보고 나머지 둘은 도망치는 걸로 생각을 바꿨던 것이지요. 둘 중 한 명을 쫓아가니 나중에 다른 자도 나타났습니다."

"가만, 무 소협은 어찌 자객이 한 명이 아니라 생각했고 어떻게 쫓아갔던 게요?"

"금 대인께 잡힌 자객은 잠력을 격발하는 대법을 사용했습니다. 제가 잘 아는 수법이었지요. 헌데 그전에 뭔가 이상한 점을 발견했습니다. 그 혼자서 금 대인을 노렸다면 은신한 채 기회를 노리지 않았을까요? 그 정도 조사도 없이 암살을 했다는 것이 이상했습니다."

"허!"

금율은 놀라움에 할 말을 잃고 말았다.

잠력을 격발시키는 대법이 있다는 소린 금율도 익히 들어 알고 있었다. 허나 무백은 자객이 펼친 잠력격발대법 자체를 알고 있는 눈치잖은가?

"금 대인이 호위무사를 물리치실 때 높은 곳에서 장원을 벗어나는 자를 찾았던 겁니다."

"자객이 더 있었다니……."

금율이 자객에 대해 걱정하려 할 때 무백이 다른 얘기를 꺼냈다.

"그곳에서 놀라운 말을 들었습니다."

"그곳?"

"자객들의 은신처가 있더군요. 거기서 자객 셋에게 명령을 내린 자를 만났습니다. 셋을 합친 것보다 강한 자더군요."

"세, 셋을 합친 것보다 강하다?"

금율은 무백의 말에 정신을 차릴 수가 없었다.

무백이 한 말이니 거짓은 아닐 거라 믿었지만 자객 한 명의 실력을 직접 겪은 금율로선 믿을 수 없는 말이었다.

'어제 침입했던 자객의 무공은 웬만한 고수들 저리 가라 할 정도로 강했다. 그런 자객이 둘이나 더 있었다는 것도 놀라운데, 명령을 내리는 자는… 자객 셋을 합친 것보다 강하다고? 이걸 어떻게 믿어야 한단 말인가?'

"그들은 금지된 무공을 익힌 사람들을 수도 없이 죽였다고 하더군요."

무백이 잠시 기다렸다 말을 이어갔다.

이번에도 금율이 처음 듣는 말이 나왔다.

"금지된 무공? 그건 또 무슨 말이오?"

"제가 찾는 아홉 가문의 후예들에게 전해져야 하는 무공을 그들은 금지된 무공이라고 부르는 모양입니다."

"그, 그렇다면 그들은 열 가문의 후손들이 어디에 있는지 알고 있다는 뜻이오?"

"거기까진 모르겠습니다. 물어봤으나 그들은 명령만 받을 뿐 자세한 내용에 대해선 아무것도 모르더군요."

금율은 무백의 말에 미간을 찌푸린 채 골몰하는 표정을 지었다. 이해가 안 가는 부분이 있었기 때문이다.

"그들이 그동안 금가장을 주시하고 있었다? 지금까지 그런 기미조차 느낀 적이 없었거늘."

금율로선 충분히 의문을 가질 만한 생각이었다.

훨씬 이전에 손을 썼다면 금율이 천군상을 보고 미륵삼불 해를 익힐 수도 없었을 것이기 때문이다.

"그들은 금 대인께서 무공을 익히고 있다는 사실을 몰랐던 것 같습니다. 금 대인께서 외부의 사람과 싸운 적이 있습니까?"

"그런 일이 있을 리 없소. 외부엔 철저히 장사꾼으로 알려져 있기 때문이오."

"그렇다면 최근에 금가장에 대한 정보를 입수했을 거라 생각됩니다."

"최근?"

금율은 최근 몇 년 동안 있었던 일들을 빠르게 되짚어봤다. 허나 금율을 의심하거나 신경 쓰게 했던 사람은 떠오르지 않았다.

"얼마 전 지하석실에서 있었던 일이라면 가능하지 않을까요? 미륵삼불해를 깨닫게 되셨을 때."

"아!"

"그때 석실 전체가 흔들리는 것을 생각하지 못했습니다. 아마도 금가장을 주시하고 있던 자에게 그 일이 전해진 것 같습니다."

무백은 어젯밤 진이에게 들었던 얘기를 그대로 금율에게 들려주었다.

진이는 사자란 자들이 시키는 대로 목표가 정해지면 가서 죽일 뿐이라고 했다. 그때 살아나면 다음 목표가 정해질 때까지 평범한 사람들과 섞여 살아간다고.

점조직으로 되어 있어 진벽군이라도 다른 진벽군에 대해 아는 바는 전혀 없다고 했다.

"대단히 은밀하게 유지되는 세력인 모양이구려."

"마음이 급해져서 가만히 있을 수가 없게 됐습니다. 금가장의 일이 그들의 귀에 들어가면 틀림없이 다른 가문의 후손들을 내버려두진 않을 겁니다."

무백의 진심이 담긴 걱정에 금율은 고개를 끄덕였다.

왜 떠나려고 하는지 충분히 이해할 수 있기 때문이다.

"무 소협, 필요한 것이 있으면 뭐든지 말해주시오."

"안 그래도 그 말씀을 드리고 싶어 뵙자고 청한 것입니다."

"무엇이 필요하오? 내가 할 수 있는 것이라면 뭐든 돕겠소."

"먼저 오늘 밤에 소장주를 만나게 해주십시오."

"성문이를 말이오?"

"좀 더 시간이 있었다면 소장주가 아니라 금 대인께 미륵삼불해의 오의를 전해드렸을 겁니다. 허나 오늘 일로 그렇게 하기엔 시간이 너무 촉박합니다. 소장주에게 미륵삼불해를 전해줘야 할 것 같습니다."

"미, 미륵삼불해를 성문이에게 말이오?"

금율은 눈을 크게 치뜨며 무백을 멍한 눈으로 쳐다봤다.

지하석실에서 맨손으로 미륵삼불해를 펼치던 무백의 신위는 평생 잊지 못할 광경이었다.

그 오의를 금성문에게 전해주겠다는 것이다.

부탁할 것이 그것이라니.

움직이는 데 필요한 경비나 물건 등을 말할 줄 알았던 금율은 뒤통수라도 크게 얻어맞은 표정으로 무백을 바라봤다.

'이 사람은 도대체…….'

금율의 얼굴이 붉어졌다.

무백은 지금까지 대화를 나누는 동안 자신에 대해선 한마디도 하지 않았다. 무백은 마치 아홉 가문을 위해 태어난 사람처럼 자신을 희생하려 하고 있었다.

감동을 넘어 존경심이 일어났다.

금율은 자리에서 일어나 무백의 손을 잡았다.

감사하다는 말을 하고 싶었다. 외조부의 무공을 잇게 해줘서 감사하고, 금율 자신이 아니라 아들에게 그것을 전해 주겠다고 해서 감사하다고 말하고 싶었다.

그러나 어찌된 영문인지 금율의 입술은 굳게 닫힌 채 열릴 줄 몰랐다.

감사하다는 말을 해버리면 지금 이 순간 갖게 된 마음이 변색될 것 같았기 때문이다.

'부끄럽다. 외조부께서 남기신 것은 무공이 아니었어. 그것도 모르고 평생을 그것에 집착했다니……. 무 소협이야말로 대인이라 불려야 할 분이다.'

금율은 잡은 손을 놓지 못하고 그대로 굳어버렸다.

"한 가지가 더 있습니다."

"무엇이오? 무엇이든 말해주시오, 무 소협."

금율의 한마디, 한마디가 진정으로 가득 찼다.

"다른 여덟 가문의 후손들을 찾아 주셨으면 합니다. 저 혼자서 찾기엔 천하가 너무 넓습니다. 부탁드리겠습니다."

"내일 당장 금가장의 지부를 각성마다 배치하는 일을 추진하도록 하겠소."

금율은 말을 하면서 머릿속으로 어떻게 진행시켜야 할지 빠르게 정리를 해갔다.

"그리 말씀해 주시니 마음이 놓입니다."

무백은 그제야 마음을 놓은 표정을 지었다.

금율의 도움이 절실했기에 지금 대답으로 마음이 놓인 것이다.

"무 소협, 한 가지 물어봐도 되겠소?"

금율은 안도하는 무백의 표정을 지켜보다 조심스럽게 입을 열었다.

"물론입니다."

"그분들의 후손을 찾는 일에 왜 그리 열심이오? 무 소협의 능력이라면 능히 일파를 만들어 강호를 쥐락펴락할 수도 있을 텐데 말이오?"

"왜… 라는 말은 적절하지 않네요. 제가 살아가는 이유가 그분들의 후손을 찾아 돕기 위해서이기 때문입니다."

"살아가는 이유?"

"저는 아홉 분의 무공이 그분들의 후손에게 이어지길 간절히 바랍니다. 그것뿐입니다. 그 첫 단추는 소장주에게 전해질 테니 잘 끼운 것 같네요."

무백의 입가에 환한 미소가 얹혀졌다.

금율의 눈에 무백은 많은 사연을 품고 있는 사람이었다.

"젊잖소?"

금율은 많은 질문을 그 한마디에 담았다.

'금 대인, 저는 젊지도 않고 다르게 살아갈 필요도 없는 사람입니다.'

무백은 속으로 대답하며 금율을 쳐다봤다.

백 년의 세월이 담긴 눈이었다.

흐트러짐 없는 깊은 눈과 일자로 다문 입.

무백이 살아가는 이유가 아홉 가문의 부활이란 것 외엔 없음을 굳이 대답하지 않아도 믿게 하는 모습이었다.

젊은데 왜, 다른 이유도 많은데 왜 등의 질문은 무백에겐 무의미한 것이다.

"그 확고한 결심. 진정 존경스럽구려. 허허허."

금율은 헛웃음이 나왔다.

기분이 좋아졌다.

또렷해진 머릿속으로 한 가지 목표가 새겨졌다.

금가장을 포함한 열 가문의 부활.

뒤에 어떤 세력이 그것을 방해하고 있는지 몰라도 무백과 함께라면 능히 할 수 있을 것 같았다.

그렇게 무백을 인정하고 나자 금율은 무백이 그동안 생각해 왔던 것들을 듣는 데 아무런 문제가 없었다. 오히려 이러저러한 자신의 의견까지 첨부했다.

"아버님, 성문입니다."

금성문은 금율의 부름을 받고 달려왔다.

집무실 안엔 금율과 무백이 앉아 있었다.

"앉아라."

금율의 표정이 심각했다.

금성문은 의아한 표정으로 무백과 금율을 번갈아 쳐다봤다. 두 사람이 함께 있는 이유도 궁금했고 왜 그런 자리에 불려 와야 했는지도 궁금했다.

"지금 당장 무 소협과 함께 지하석실로 내려가거라."

"예? 둘이서 말입니까?"

"무 소협께서 네게 전해주실 게 있다고 하니 최선을 다해 배워야 한다."

금율의 목소리가 무겁게 가라앉았다.

금성문을 꾸중하는 것이 아니라 그만큼 지금부터 배울 것이 중요하다는 의미였다.

그러나 금성문의 입장에선 자존심 상하는 말이 아닐 수 없었다.

"아버님, 설마 제게 무 소협의 무공을 배우라는 말씀은 아
니시겠죠?"

금성문은 말도 안 된다는 표정으로 금율을 쳐다봤다.

금율이 굳은 얼굴로 자리에서 일어나 무백을 향해 허리를
굽히려 했다.

"무 소협, 아들 대신 이렇게 부탁드립니다."

"아, 아버님!"

금성문은 갑작스런 상황에 깜짝 놀라 금율을 안았다.

금율의 허리를 일으키려는 것이다.

"성문아, 오늘 이후로 너는 무 소협을 사부님으로 모셔야
한다."

"아버님……."

금성문의 눈에 절망이 담겼다.

스물한 살짜리 애송이에게 사부라 불러야 한다?

말도 안 되는 명령이기 때문이다.

단 한 번도 거스르지 않았던 금율의 명령이었으나 이번엔
따르고 싶지 않았다.

"시간이 별로 없다. 어서 무 소협을 모시고 내려가지 않고
뭘 하느냐!"

금율은 금성문에게 호통을 쳤다.

마음이 조급했기 때문이다. 이렇게 실랑이를 벌이는 동안 새벽이라도 와버리면 배워야 할 것을 모두 배우지 못할 수도 있다는 생각 때문이다.

금성문은 다시 한 번 금율을 쳐다봤다.

자신의 마음을 읽고 결정을 바꿔주길 간절히 바라고 바라는 눈빛이었다. 허나 시간이 흐를수록 금율의 눈은 차가워졌다.

"이 애비가 부탁한다."

"……!"

금성문은 금율의 입에서 부탁한다는 말이 나올 줄은 상상도 못했기에 이를 악물고 고개를 숙였다.

"…알겠습니다."

자존심이 저 바닥 끝까지 추락하는 참담한 기분이었다.

한 가지 무공을 이십 년 넘게 수련해 왔다.

성취에 대해선 한 번도 만족한 적 없지만 금율이 아닌 다른 사람에게 배워야 할 정도로 모자란 실력이란 생각 역시 한 번도 해본 적 없었다.

"갑시다, 무 소협."

금성문은 짧게 숨을 들이마시고는 석실 입구에 서서 무백을 돌아봤다.

"금 대인, 너무 걱정하지 마십시오. 저라도 마찬가지였을 테니까요."

무백은 조용히 부자의 대화가 끝나길 기다렸다가 일어나며 한마디 건넸다.

충분히 이해할 수 있었다.

무백 역시 사부와 오랜 세월 함께 지냈기에 금율의 감정도 금성문의 감정도 알 수 있었다.

"부탁드리겠습니다, 무 소협."

"제가 오히려 부탁을 드려야지요."

무백은 웃으며 금성문의 뒤를 따라 석실로 들어갔다.

담문의 무공이 다시 세상에 나올 수 있게 된 것이다. 무백으로선 그보다 더 기쁜 일은 없었다.

뒤쪽에서 석실 문이 닫히는 소리가 들렸다.

계단을 내려가자 또 하나의 석문이 두 사람의 앞을 막았다.

그그긍—

금성문은 어렵지 않게 기관을 작동해 문을 열었다.

"소장주."

"내가 어떻게 해야 하는지 알려주시오."

"소장주가 따로 할 일은 없습니다. 바닥에 가부좌를 틀고 앉아 주시겠소?"

"가부좌? 무공을 알려준다고……."

"무공이 어디 몸으로 움직이는 것만 있을까요. 지금부터 제가 전해드릴 것은 하나의 흐름입니다."

"내공을 말하는 거요?"

금성문은 내공에는 어느 정도 자신을 갖고 있었다.

내공을 가르치기는 쉽지 않을 거란 은근한 협박의 의미도 담겨 있었다.

"내공이라고 할 수도 있지만, 내공이라 단정 지어선 곤란합니다. 내가 알려주려는 것엔 식(式)이 있고 결(結)이 있습니다. 몸 안에 그 두 가지를 동시에 갖추고 있어야 흐름이 생기거든요. 음… 내공이란 그 흐름에 올려놓는 말 같은 겁니다."

'식? 결? 말?'

"하하하. 지금은 몰라도 됩니다. 하지만 잠시 후엔 느끼게 될 겁니다. 지금부터 그 흐름이란 것을 소장주의 몸에 새겨드릴 겁니다. 느끼세요. 그리고 구분 짓고 끌어내고 묶어보세요."

무백의 설명은 짧고 간결했다.

당연히 금성문으로선 이해하기가 쉽지 않았다.

"무슨 소리요?"

금성문이 짜증 섞인 표정으로 물었다.

"몰라도 된다고 했잖아요. 그냥 느끼세요. 별것 아니니 입을 열지 않고도 참을 수 있을 겁니다."

무백은 금성문이 짜증을 내든 말든 개의치 않으며 천천히 다가갔다.

금성문은 가부좌를 틀고 앉은 채 다가오는 무백을 의식하며 뻣뻣하게 있었다.

'명문혈?'

무백의 손이 금성문의 명문혈에 닿았다.

전해주려는 것이다.

담문이 격체전공으로 전해주었던 그 뜨거움을.

몸 안으로 파고들며 진벽대법으로 훼손된 혈을 감싸던 그 뜨거움을.

담문에게 받았던 순서대로 미륵삼불해를 금성문의 몸에 새기기 시작했다.

'헉! 뜨, 뜨겁다!'

금성문은 무백이 명문혈에 손을 대자 단전이 뜨거워지며 용암처럼 펄펄 끓는 것 같았다.

그 용암이 단전을 나온다.

'크허억!'

금성문은 입 밖으로 신음이 튀어나올 것 같았으나 이를 악물며 참았다.

흐름. 식. 결. 말.

그 어떤 것도 생각이 나질 않는다.

오직 이 고통이 빨리 지나가길 바랐다.

스스스—

몸을 한 바퀴 돈 용암이 다시 단전으로 내려갔다.

그러나 끝이 아니었다.

용암은 다시 움직였고 조금 전과 같은 고통을 몇 배 강하게 안겨주었다.

'다행히 아직은 금 대인처럼 완전히 굳진 않았다.'

금율은 무백이 직접 식과 결을 심어주지 않아도 자신만의 일정한 흐름을 갖고 있었다. 그런 상태에선 무백의 도움이 오히려 방해가 될 수도 있었다.

하지만 금성문은 그 반대였다.

일정한 식과 결을 새기는 대신 자신만의 흐름을 찾기 위해 고군분투한 흔적이 몸 안에 그대로 새겨져 있었다. 아직 자신만의 식과 결을 찾지 못한 것이다.

이런 상태의 몸엔 흐름을 새기기 쉬웠다.

'조금만 늦었어도 소장주에게 식과 결을 심어주는 것이 힘들어질 뻔했다.'

오랜 수련 덕분에 무백이 전해주는 흐름을 흡수하는 속도가 생각 이상이었다. 적어도 혼자서 수련할 때보다 몇십 년은 앞당겨졌을 것이다.

덜덜덜—

담성문의 몸의 떨림이 점점 심해졌다.

멀쩡한 살을 불로 지질 때보다 몇십 배는 강한 고통이 수반되니 당연한 반응이었다.

석실 안이 뿌옇게 변했다.

무백의 몸에서 나온 진기가 금성문을 감쌌다.

흐름에 더해 내공까지 일정 수준 이상으로 올려주려는 것이다.

그그긍―

무백이 내려간 지 두 시진 가까이 지나자 지하석실의 문이 열렸다. 들어갈 때와 크게 달라지지 않은 무백이 혼자서 나왔다.

"성문이는……."

"소장주는 알아서 나올 때까지 두는 것이 좋을 것 같습니다."

"그럼 성공한 겁니까?"

"아마도 석실에서 나오면 금 대인보다 더 능숙하게 미륵삼불해를 펼칠지도 모르겠습니다."

"허허, 허허허."

금율은 자신도 모르게 웃음을 터트리고 말았다.

아들이 자신보다 강해진다고 한다. 이보다 더 기쁜 일은 금율에게 없었다. 몇 대에 걸쳐 연구하고 익혀온 천군도결을 드디어 금율의 대에 완성할 수 있게 된 것이다.

"다시 한 번 감사드리오, 무 소협."

"할 일을 한 것뿐입니다."

금율은 무백의 대답에 그저 웃기만 했다.

무백이 많이 지쳐 보였다.

"금 대인, 턱이를 부탁합니다."

"허허허. 턱이는 손자처럼 여길 테니 아무 걱정하지 마시오. 그리고 아직은 무 소협이 필요한 정보를 얻을 수 없겠지만 준비가 되는 대로 소식을 전해놓도록 하겠소. 그리고 이것을."

금율은 금가장이라 새겨진 금 막대를 건넸다.

"이게 뭔가요?"

"무 소협이 금가장의 귀빈이란 증표요. 소식을 전해놓아도 증표가 없으면 듣질 못하잖소. 무 소협이 얻고 싶은 정보나 제게 할 말이 있으면 각 지역의 금룡표국에 들르시오."

"금룡표국이요?"

"오랫동안 금가장의 표물을 책임져 주던 곳이오. 어느 곳이든 금룡표국이란 현판을 걸고 운영하는 곳이면 무 소협의 요구를 들어줄 것이오."

"감사합니다. 요긴하게 쓰겠네요."

무백은 많은 진기를 소모한 뒤라 피곤했으나 금율이 건넨 금 막대를 쥐자 힘이 솟는 것 같았다. 막막하기만 하던 의형님들의 후손 찾기가 이젠 한결 쉬워진 것이다.

금서각으로 돌아온 무백은 방으로 들어갔다.

다시 세상으로 나온 뒤 오늘처럼 피곤했던 적은 없었다.

한쪽 침상에 턱이가 곤히 잠들어 있었다.

'이미 턱이에겐 강 형님의 탄궁일권의 흐름을 새겨놓았다. 그것을 깨닫고 못 깨닫고는 턱이 네게 달렸다. 혹시라도 강 형님의 후손을 찾지 못하게 된다면… 네가 탄궁일권을 이어주길 바란다.'

무백은 턱이와 지내는 동안 특별한 애정을 갖게 됐다.

싹싹한 성품이나 맡은 일에 최선을 다하는 모습을 보면 정말이지 제자로라도 삼고 싶은 기분이 들 정도였다.

"잘 지내라."

무백은 턱이를 보자 절로 미소가 지어졌다.

떠나기 전에 얼굴이라도 한 번 더 보여주고 싶지만 그러면 이별이 더 힘들어질지도 몰랐다.

이대로 떠나는 것이 좋았다.

챙길 짐도 없으니 맨손으로 방을 나왔다.

문을 나서기 전 다시 한 번 뒤를 돌아봤다.

'진벽군이 아니라 잠우란 자를 마차 하나만큼 싣고 와도 의형님들의 후손들을 해치지 못하게 할 것이다.'

무백의 눈에 안광이 번뜩였다.

*   *   *

와룡문 내부 깊숙한 곳에는 외부인의 출입이 제한적으로 허락되는 독립적 공간이 존재한다.

삼 층으로 된 전각.

맨 위층에서 서른 중반에 백의를 입은 사내가 아래를 내려다보고 있었다.

"잠우에게서 연락이 끊겼다……."

사내가 돌아서자 얼굴이 드러났다.

깨끗한 피부에 얇은 눈썹, 반쯤 감긴 눈.

생긴 것과 너무도 잘 어울리는 꽤나 신경질적인 목소리였다.

그는 십이 년째 이곳에서 한 가지 업무를 맡고 있다.

전대 각주가 전해준 일곱 곳의 동태 파악 및 조치.

이십 대의 사내는 화려한 삶을 살았다.

하고 싶은 것은 무엇이든 했다.

여자, 도박, 싸움, 무공.

원하기만 하면 무슨 수를 써서라도 얻고 말았다.

유일한 후회가 바로 이곳의 주인이 된 것이다.

전대 각주는 사내가 아무리 노력해도 이길 수 없는 유일한 인간이었다. 십이 년이 지난 지금도 그것은 변함이 없었다.

빌어먹을 인간이 이곳을 사내에게 맡기고 더 높은 곳으로 올라가 버렸기 때문이다.

이곳을 탈출해야 다시 한 번 싸울 수 있다. 하루에도 몇 번씩 가슴에 참을 인(忍) 자를 새겨야 지낼 수 있는 이곳에서 말이다.

"뭔가 일어난 거야. 안 그러고서야 몇십 년 동안 꼼짝도 안 하던 것들이 갑자기 일을 낼 리가 없잖아."

얇은 입술이 열리며 고른 치열이 반짝였다.

정말이지 무료함에 압사될 수도 있다는 것을 깨닫던 중에 일어난 사건이었다.

숨통이 트인다.

일이 잘못됐으니 신경질은 나지만 오히려 폐는 시원해지고 있었다.

"드디어 이곳에서 탈출할 기회가 왔다."

목하진 특유의 경망스러운 목소리가 활기에 찼다.

그때, 문이 열리며 까무잡잡한 피부의 여인이 탱탱한 신체 굴곡을 고스란히 드러내며 들어섰다.

나삼 한 장만 걸친 상태였다.

"요요야, 드디어 일이 생겼다!"

목하진은 자신이 말하고도 감격스러운지 혀를 꺼내서는 이로 피가 나지 않을 정도까지 마구 깨물었다.

요요라 불린 여인은 그 모습을 보고 얼굴에 홍조가 피어났다. 목하진의 이와 혀가 그녀를 어떻게 다루는지 숱하게 많이 경험했기 때문이다.

"몇 놈 데려가서 조사해 봐. 무슨 짓을 하고 있는지 아주 궁금해 미치겠다. 돈벌레를 조사하러 간 잠우가 연락이 두절됐다."

"잠우가요? 설마요."

요요라 불린 여인이 눈을 흘겼다.

잠우는 이곳의 십대고수 중 한 명으로, 수위를 다투는 그녀라고 해도 상처 하나 없이 완벽하게 이기긴 힘든 상대였다.

"아니야. 설마가 아니야. 잠우는 죽었다. 돈벌레가 사람을 시켜서 잠우를 죽인 거야."

"우리 각주님 흥분하셨네요?"

"흥분된다. 잠우를 죽일 정도의 고수는 우리 문에서도 흔치 않아. 그런데 죽었어. 헌데 말이다, 요요야. 이상하지? 돈벌레가 자객의 습격을 받았다는 소문이 안 나. 왜 그럴까?"

"흐응. 그건 이상하네요."

"그치?"

목하진은 요요가 인상을 쓰자 한 손으로 허리를 휘어 감았다.

"아이 참."

요요는 허리를 비틀며 콧소리를 냈다.

비각 소속 환영인(幻影刃).

지금까지 그녀 손에 죽은 이들은 수없이 많지만 강호는 아직 그녀에 대해 모르고 있다. 잠우와 마찬가지로 금지된 무공을 익힌 자들을 처리했기 때문이다.

목하진은 콧소리 내는 요요를 보며 얇은 눈썹을 꿈틀댔다. 목하진과 요요만이 알 수 있는 신호였다.

"진벽군 다섯을 데려가."

"저는 잠우가 아니에요, 각주님. 혼자서도 얼마든지 처리할 수 있어요."

요요가 의외라는 눈으로 목하진을 쳐다봤다. 그녀의 실력을 누구보다 잘 아는 목하진이기 때문이다.

"알지, 알지! 그래도 안 돼. 혹시 모르잖아?"

"흐응. 흥분되게 왜 그래요? 난 날 막 못살게 굴면 미치겠단 말예요. 잘 알면서."

요요가 몸을 요염하게 뒤틀었다.

"그 돈벌레, 빙궁(氷宮)과 연이 닿아 있어. 부인이 빙궁 출신이었다지 아마?"

"빙궁? 사패(四覇) 중 한 곳이요?"

"그래, 거기. 우리 와룡문과 저쪽 군림회도 쉽게 건들지 못하는 곳이지만, 내가 이곳을 떠나는 대로 흡수해 버릴 곳들이기도 하지. 북빙궁, 남검각(劍閣), 서독문(毒門), 동살막(殺幕). 자, 왜 진벽군 다섯을 데려 가라는지 이해가 됐지?"

"예."

"올라온 보고는, 돈벌레의 집무실이 있는 전각이 흔들릴 정도의 진동이 있었다고 한다. 그 정도면 적어도 절정 이상이란 소리야."

"그 정도론 잠우를 못 죽여요."

"그렇지. 빙궁의 고수가 있다는 뜻이지. 그러니 가서, 돈벌레만 죽이고 와. 물론 빙궁에선 네가 죽였다는 걸 알지 못할거야."

"알겠어요. 진벽군 다섯이 불시에 혼자 있는 돈벌레를 덮쳤다? 진벽대법을 펼쳤으니 흔적은… 찾지 못하겠죠. 호호호. 어때요?"

"훌륭하다. 작전이란 그렇게 짜는 거야. 지휘하는 사람이 굳이 나서지 않아도 일이 이루어지도록 말이지. 게다가 네 몸은 내 허락 없이 다치거나 해선 곤란하다는 거 알지?"

"알죠, 제 몸이 어디 저만의 것인가요? 전, 각주님 허락 없인 손가락 하나 안 다쳐요."

"그래, 그래야지."

목하진이 요요의 얼굴을 쓰다듬다가 자신에게로 끌어당겼다.

둘의 입술은 쉽게 포개졌고 이내 불같은 열정이 방 안을 가득 채웠다.

목하진의 움직임이 평소와 달리 격정적이었다. 그에 따라 실오라기 하나 걸치지 않은 두 나신의 움직임은 그 어느 때보다 뜨거웠다.

절정의 순간에 요요의 손톱이 목하진의 등을 파고들었고 목하진은 짐승처럼 소리를 질러댔다.

둘의 움직임이 멈췄고, 요요는 늘 그랬듯이 옷을 걸치고 머리를 단정히 빗은 뒤 방을 나섰다.

"너무 지루해. 백 년이면 너희도 뭔가 보여줘야 하는 거 아니야?"

목하진은 방을 나가는 요요의 뒤에 대고 웅얼거렸다.

와룡문의 문주직속으로 특수정보만을 취급하는 비각의 각주가 바로 그였다. 직접 움직일 수만 있다면 당장 금가장으로 향했을 사람이기도 했다.

"요요야, 너무 무리하진 마라. 너보다는 다른 녀석에게 기대를 하고 있으니까."

목하진의 눈빛이 퍼렇게 물든 하늘에 닿았다.

*   *   *

금율은 무백이 떠난 뒤 집무실에 칩거하며 나오질 않았다. 시비들은 물론 상 총관조차 들어가질 못했다.

삼 일째가 되던 날, 금율이 상 총관을 불렀다.

"앞으로 금가장은 이렇게 바뀔 걸세."

금율은 긴 두루마리를 상 총관에게 건네며 등을 의자에 댔다. 피곤한 기색이 역력했지만 어려운 시험을 통과한 사람처럼 개운해 보였다.

상 총관은 두루마리를 받자마자 앉은 자리에서 면밀히 검토에 들어갔다.

내용의 골자는 간단했다.

현재 금가장의 세를 넓힌다.

매우 간단한 말이었으나 그러기 위해선 선결돼야 할 조건이 너무 많았다.

"장주님, 이 일… 금가장의 전 재산을 걸어도 성공 여부를 장담할 수 없음을 아시는지요?"

"알고 있네."

"예? 그러면서 밀어붙이실 생각이신가요? 일단 서안의 재

경전장(財經錢莊)과 맺은 협약은 어찌하실 요량이십니까?'

몇 해 전, 서안의 재경전장에서 사람을 보내와 서로의 이익을 침범하지 말자는 말을 전해왔다. 금율은 아무 걱정 말라며 보내온 사람을 돌려보냈다.

실제로도 재경전장이 걱정할 일은 금가장에서 하질 않았다. 허나 두루마리의 내용대로 한다면 재경전장에선 모든 재력을 동원해 금가장이 하는 일을 막으려 할 것이다.

"재경전장? 용하전장(龍河錢莊)이라도 나는 신경 쓰지 않네."

"요, 용하전장……."

상 총관은 할 말을 잃고 말았다.

천하의 돈줄을 이 할 이상 쥐고 있다고 해도 과언이 아닌 곳이 용하전장이었다.

강호를 좌지우지하는 와룡문과 군림회도 용하전장의 돈을 빌려 쓰고 있어 그들의 이익에 반하는 곳은 쥐도 새도 모르게 사라질 수도 있다는 소문이 자자했다.

"날 믿게."

금율은 목표를 바꾸니 생각이 바뀌었고, 생각을 바꾸니 세상을 보는 눈이 바뀌었다. 그것을 모르는 상 총관의 표정은 당연히 어두울 수밖에 없었다.

'무슨 생각을 하시는지 도통 모르겠구나.'

상 총관이 근심 어린 표정으로 금율의 집무실을 나올 때였다.

"상 총관님? 무슨 걱정 있으세요?"

금율을 찾아온 선하연이 고개를 갸웃거리며 물었다.

그녀의 뒤엔 진 호선과 양 호선이 싸늘한 눈으로 상 총관을 보고 있었다.

"아, 아닙니다, 아가씨."

선하연은 상 총관이 대답 후 황급히 자리를 뜨자 의아한 눈으로 돌아봤다.

"신경 쓸 것 없습니다, 아가씨."

"저, 저런 건방진!"

진 호선이 상 총관에게 뭐라고 호통을 치려 했으나 선하연이 웃는 얼굴로 고개를 가로저었다.

"고생 많으신 분께 그러지 마세요, 진 호선."

선하연은 상 총관을 딱한 눈으로 돌아본 후 집무실 문을 직접 두드렸다.

"아가씨, 제가 금 장주를 부르겠습니다."

"장주님, 계세요?"

선하연은 진 호선이 나서면 또 일이 커진다는 것을 알기에 직접 금율을 불렀다.

안에서 서둘러 나오는 발소리가 들렸다.

"선 소저, 웬일이십니까?"

금율은 문을 열자마자 들어오라는 소리보다 용건을 먼저 물었다.

"아가씨를 밖에 계시도록 할 생각인가!"

진 호선이 대뜸 소리쳤다.

"아! 죄송합니다. 요새 일 때문에 정신이 없어서… 드시지요."

금율은 문을 열어 선하연이 들어오도록 했다.

선하연은 집무실로 들어서며 빠르게 내부를 살폈다.

두루마리가 어지러이 널려 있었고 며칠 동안 청소조차 하지 않았는지 먼지가 쌓여 있었다.

"무슨 일 있으세요, 장주님?"

선하연이 자리에 앉기도 전에 물었다.

"일이라니요? 아무 일도 없습니다."

"헌데 방 안이……."

선하연이 금율의 책상과 그 주변을 의아한 눈으로 쳐다봤다.

"사업을 확장해야 하는데 의외로 손댈 곳이 많더군요. 이거 방이 누추해서 죄송합니다."

"별말씀을요. 헌데 사업 확장이라니요?"

"금가장의 일입니다."

금율은 웃으며 대답했지만 선하연이 다시 묻지 않도록 선을 분명하게 그었다.

"제가 본 장주님은 그런 일이 있어도 다른 분들이 알도록 처리하실 분은 아니셨던 것 같은데……."

"허허허. 제가 말입니까?"

"장주님이 어떤 결정을 내렸는지 시간이 지나면 자연스럽게 알도록 해주시는 분 아니셨던가요?"

'허! 역시 보통 분은 아니시구나.'

금율은 선하연의 대답에 깜짝 놀랐다.

금율이 어릴 때부터 가져온 습관을 선하연이 한 눈에 꿰뚫어보고 있었기 때문이다.

"놀라운 안목이십니다. 아가씨의 말씀이 조금도 틀리지 않습니다. 지금까지 그렇게 살다 보니 이젠 좀 바뀔 때가 되지 않나 싶더군요."

'뭔가 있다.'

선하연은 금율의 허허로운 웃음 속에 담긴 무언가를 보려 했다. 허무함을 위장한 무언가가 금율을 움직이게 만들고 있다 생각됐기 때문이다.

새로운 열정이 없이는 예전 것을 버릴 수 없다.

선하연은 사부인 빙모를 통해 그것을 깨달을 수 있었기에 두 호선만 동행하여 강호로 나온 것이다.

"바뀔 때요? 무엇이 장주님의 심경을 변화시켰는지 궁금하네요."

"시기가 됐을 뿐이겠지요."

금율은 대수롭지 않게 선하연의 말을 피해갔다.

"시기… 역시 때는 중요하죠. 저도 그것 때문에 고민을 많이 했거든요."

"아가씨께서 무슨 고민을……."

"참, 무 소협은 잘 지내죠?"

"예? 무 소협이요?"

금율은 선하연이 뜬금없이 무백의 애기를 꺼내자 의아한 표정으로 쳐다봤다.

"언제 한번 보자고 했는데 좀 더 시간을 미뤄야 할 것 같아서요."

선하연은 지나가며 했던 말을 지키려 하는 것 같았다.

'아가씨께서 정말로 무 소협을 마음에 두고 계신다는 뜻인가?'

금율은 무백이 떠나기 전 만나러 왔을 때 선하연이 자리를 내주며 무백에게 반갑게 인사를 건네던 모습을 떠올렸다.

두 사람 모두 쉽게 볼 수 없는 출중한 외모를 지니고 있었다. 두 사람이 마주보고 서 있는 것만으로도 전각이 환해지는 착각이 들 정도였잖은가?

금율의 입가에 미소가 떠올랐다.

"아가씨, 금 장주가 오해를 하겠습니다. 그 서생 얘기는 그만 물어보시지요."

금율이 대답하기도 전에 불쑥 진 호선이 끼어들었다.

선하연이 정말로 무백에 대해 궁금해하고 있다는 것을 알기에 화제를 돌리도록 일부러 나선 것이다.

"진 호선, 오해라니요?"

"아가씨께서 그 서생을… 그러니까……."

"관심 있어 한다고요?"

"아, 아니요, 그럴 리가 있겠습니까. 제 얘기는… 금 장주가 그렇게 생각할지도 모르니까 조심하셨으면……."

진 호선은 진땀을 흘리며 대답했다.

"왜요?"

"왜… 라니요, 아가씨? 당연히 아가씨께선 궁을 대표하는 분이니……."

"저는 무 소협이 어떤 분인지 궁금해요."

선하연의 솔직한 대답에 일순 정적이 흘렀다.

두 호선은 선하연이 이렇게까지 직설적으로 말할 줄은 생각지도 못했기에 할 말을 잃었고, 금율은 무백에 대해서 솔직하게 말해야 할지도 모른다는 생각에 말을 꺼내지 못했다.

"제가 너무 분위기를 무겁게 한 모양이네요. 자, 무 소협 얘기는 이쯤 하고 본론으로 들어가죠."

선하연이 자세를 고쳐 앉았다.

"본론이라니요, 아가씨?"

"장주님, 제가 어딜 좀 다녀와야 할 것 같아요."

"어딜 말씀이십니까?"

"미리 말씀을 드리지 못했는데, 사실 제가 궁을 떠난 데엔 이유가 있어요. 물론 령 제자의 문제를 해결해 주러 온 것도 사실이지만, 한 가지가 더 있지요."

"뭡니까, 아가씨?"

"사람들을 만나기로 했거든요."

"사람들?"

"그들 말로는 궁의 미래에 대한 문제라고 하더군요."

"궁의 미래? 그렇다면 그들 중 한 곳입니까?"

선하연은 아무렇지도 않게 대답했으나 금율은 그럴 수 없었다. 현 강호에 빙궁의 미래를 논할 만한 곳은 와룡문과 군림회, 두 세력뿐이기 때문이다.

"그들?"

"와룡문입니까, 군림회입니까?"

"제가 만날 사람들이 그 둘 중 어디냐고요?"

"예."

"두 곳 모두 아니에요."

"예?"

금율은 선하연의 대답에 멍해지고 말았다.

그녀가 직접 만나러 올 정도의 세력은 그 두 곳을 제외하면 떠오르질 않았다.

"그래서 말인데요. 혹시나 제가 없는 동안 무 소협이 저를 찾으면 금방 돌아온다는 말 좀 전해주세요."

"……."

금율은 장난스럽지 않은 선하연의 말에 어떻게 대답해야 할지 몰라 눈만 꿈뻑댔다.

선하연의 뒤에 시립해 있는 두 호선이 겁나서 물을 수도 없었다.

"마차를 준비시키겠습니다."

"아니요. 이삼 일 정도 있다가 떠날 거라 마차를 따로 준비해 두었어요. 령 제자에게 조금만 더 시킨 대로 수련하고 있으라고 전해주세요."

선하연은 그 말을 끝으로 자리에서 일어났다.

"아까 제 부탁 들어주시는 거죠?"

"어떤……."

"무 소협한테 금방 돌아온다고요.

"아! 무 소협께 분명 그리 전해……."

금율은 말을 끝까지 할 수 없었다.

두 호선의 눈에서 살기가 쏟아졌기 때문이다.

선하연의 말이 농담이 아니란 것을 이제야 안 모양이다.

금율은 대답 대신 눈을 두 번 깜빡여 주었다.

'남자는 역시 잘생기고 봐야 하는 건가? 하긴 인매도 내게 반했었으니… 허허허.'

스스로 농담을 하곤 금율은 며칠 만에 웃었다.

선하연의 행선지를 묻고 싶었으나 지금은 거기까지 신경 쓸 여유가 없었다.

第三章 다시 찾은 이물촌

일 층 주루가 손님들로 왁자지껄 시끄러웠다.

그리 넓지 않은 실내 때문에 주루 입구엔 손님들이 줄을 서서 자신의 차례를 기다리고 있었다.

그에 반해 이 층은 비교적 한가했다.

그 한가함은 한 사내로 인해 만들어졌다.

거리와 주루 안을 한 번씩 둘러보는 것이 자신의 일이라도 되는 양 사내는 여유롭게 차를 입에 댔다.

"어?"

사내가 거리로 눈을 돌렸다가 누군가를 발견하고 깜짝 놀라 자리에서 일어섰다.

멀리서도 빛이 나는 얼굴.

인간의 모습을 하고 있지만 신이 분명한 사람이었다.

"시, 신인!"

우당탕!

사내는 자리를 박차고 절룩거리는 걸음으로 조양루를 나왔다. 그에게 이곳 뒷골목의 모든 권한을 준 신인이 오고 있는 것이다.

"야, 가서 애들 다 모이라고 해!"

사내, 흑광은 밖에 있는 소년들에게 소리친 후 길 정면을 향해 고개를 숙였다.

"흑 대형께서 모이라신다!"

어리둥절하던 아이들은 이곳저곳에 대고 외친 후 재빨리 흑광의 옆으로 달려와 섰고, 점점 불어난 숫자는 무려 칠십여 명에 달했다.

갑작스런 상황에 길을 지나던 사람들이 겁먹은 얼굴로 한쪽으로 비켜섰다. 허나 대부분의 여자들은 움직이지 않고 멈춰 선 채 정면에서 다가오는 흑의 사내에게 눈을 떼지 못했다.

하얀 피부에 이목구비 또렷한 얼굴이 여인들의 마음을 싱숭생숭하게 만든 까닭이다.

"오랜만이네요, 흑 대인."

무백은 허리를 숙이고 있는 흑광에게 먼저 말을 건넸다.

"당치않으십니다, 신인!"

흑광은 무백이 대인이라 부르자 화들짝 놀라 무릎을 꿇었다. 아니, 꿇으려 했다.

"일단 안으로 들어가시죠."

흑광의 다리가 굽혀지기 전에 무백이 다가와 어깨를 잡고 있었다. 손 하나 얹혔을 뿐인데 흑광은 옴짝달싹하지 못했다.

"부담스럽네요. 모두 일 보라고 하세요."

무백은 먼저 조양루로 들어갔다.

"다 제자리로 돌아가!"

흑광이 사람들을 해산시킨 후 곧장 무백의 뒤를 따랐다.

"어섭셔!"

무백을 향해 넙죽 허리를 꺾으며 점소이가 다가왔다.

딱!

점소이의 뒤통수를 때린 흑광이 눈을 부라리며 가라는 눈짓을 했다.

"이쪽입니다, 신인."

흑광은 이 층을 가리키며 연신 머리를 조아렸다.

주루 안의 모든 사람들은 그런 흑광을 놀란 눈으로 쳐다보고 있었다.

흑광이 이곳 임촌의 뒷골목 일인자라는 것은 이미 소문이 자자한 일인데, 그런 사람이 머리를 제대로 들지 못하는 사람이 약관으로 보이는 청년이기 때문이다.

"흑 대인, 그런 행동은 과합니다."

무백이 난처한 표정으로 흑광의 행동을 제지시키려 했으나 흑광은 난색을 표하며 다시 무릎이라도 꿇을 기세로 무백을 쳐다봤다.

"일단 이 층으로 올라가시죠."

무백은 이대로 있다가는 흑광이 또 무슨 행동을 할지 몰라 계단으로 걸음을 옮겼다.

"모시겠습니다."

흑광은 재빨리 이 층 계단 옆에 섰다.

이 층으로 올라가자 흑광이 창가 쪽을 가리켰다.

"여전히 저곳에 계시는군요."

"신인께서 지정해 주신 자리 아닙니까. 제가 죽어도 제 뒤를 이을 놈이 이곳에 있을 겁니다."

흑광은 자랑스러운 표정으로 자리를 쳐다봤다.

무백이 자리에 앉자 흑광이 탁자 옆에 섰다.

"왜요, 어디 불편하신가요?"

"어이쿠, 저 같은 게 어찌 감히 신인과 동석을. 그냥 이대로가 편합니다."

"제가 불편하니 그냥 앉으세요."

"아닙……."

"앉으세요."

무백의 표정이 굳어졌다.

"예."

흑광은 더 이상 버티지 못하고 무백의 맞은편에 앉았다.

"이제야 좀 편하게 얘기할 수 있겠네요. 그동안 말썽은 없었나요?"

"당연히 없었습니다. 가게들이 내던 보호세를 전의 반으로 낮추니 오히려 좋아했습니다. 그리고 애들은 집을 하나 지어서 기술을 배울 수 있도록 해주고 있습니다. 얼마 안 있으면 제가 있을 필요도 없게 될 겁니다."

"그 짧은 시간 동안 그걸 다 해냈다고요?"

"전부터 생각해 둔 걸 시킨 것뿐입니다."

흑광은 아무것도 아니라는 듯 말하지만 듣는 무백에겐 대단히 놀라운 일로 다가왔다.

아무리 작은 집단이라도 흑광처럼 빠르고 명확하게 관리할 사람은 흔치 않다는 걸 잘 알기 때문이다.

"대단하시네요."

"감사합니다."

"그 다리는 언제 다친 거죠?"

"…좀 됐습니다."

"움직이긴 하나요?"

"그냥 끌리지 않을 정도는 됩니다. 하지만 이것 때문에 일을 못하거나 그러진 않습니다."

흑광이 갑자기 굳은 얼굴로 무백을 쳐다봤다.

그를 이 자리에 올려놓은 사람이 무백이듯 내릴 사람도 무백이기 때문에 걱정이 된 것이다.

"끌리지 않을 정도라는 것은 아직 신경이 살아 있다는 뜻이네요."

흑광의 절룩거리는 다리가 근육만 잘린 거라면 고칠 수도 있지 않을까, 잠깐 생각이 든 것이다.

턱이 때문에 끼어들게 됐지만 무백이 벌인 일의 모든 책임을 흑광이 떠넘겨 받은 것은 사실이잖은가? 미안한 마음이 들었다.

"난주 쪽으로 가던 중에 턱이 소식을 알려 드리려고 들렀어요."

"……."

"턱이를 제가 아는 분께 맡겨 여러 가지를 배울 수 있도록 해줄 생각입니다. 한동안 돌아오지 못할 것 같네요."

"오! 다행입니다. 정말로 다행입니다. 이런 곳에 있는 것보다 그편이 훨씬 낫습죠."

"턱이 친구 짱구란 아이가 있잖습니까? 만나고 싶은데 가능할까요? 전에 턱이가 끔찍하게 챙기는 걸 봤거든요. 소식이라도 알려줘야 할 것 같습니다."

무백이 임촌에 들른 이유였다.

짱구에게 약을 전해줘야 한다고 떼를 쓰던 턱이가 떠오른 것이다.

"세상에……."

흑광이 갑자기 고개를 숙였다.

"……?"

무백은 흑광의 행동에 어리둥절한 표정이 됐다.

잠시 후 흑광이 천천히 고개를 들었다.

눈시울이 붉어져 있었다.

"신인, 감사드립니다. 저도 그렇고 턱이도 그렇고, 신인을 만날 수 있어 새롭게 태어났습니다. 더구나 턱이의 친구라니… 세세한 관심에 다시 한 번 신인의 위대함을 알게 됐습니다."

흑광은 입에 발린 말이 아니라 진심으로 무백의 말에 감동하고 있었다. 이대로 좀 더 있다가는 울기라도 할 것 같은 표정에 무백은 재빨리 화제를 돌려야 했다.

"짱구는 어디 있나요?"

"예? 짱구… 아! 애들을 위해 집 하나를 지었다고 했잖습니까? 그곳에 있습니다. 몸이 워낙 약해서 걱정입니다만 애들과는 잘 지냅니다."

"턱이 소식을 직접 전해주고 싶은데요. 그 새로 지었다는 집이 어디죠?"

"신인, 식사를 하고 계시면 제가 가서 데려오겠습니다."

"집 위치만 알려주시면… 아닙니다. 저는 식사를 하는 편이 낫겠네요."

무백은 흑광의 진지한 얼굴을 보고 고개를 끄덕일 수밖에 없었다.

흑광은 무백의 허락이 떨어지기 무섭게 자리에서 일어나 밖으로 나갔다.

절뚝거리는 걸음으로 열심히 걷는 흑광을 위에서 내려다봐야 하는 무백으로선 썩 보기 좋은 모습은 아니었다.

흑광이 짱구를 데려온 것은 이각 정도 지난 뒤였다.

"신인, 이 아이가 짱구입니다."

흑광은 턱이보다 작은 키의 소년을 데리고 나타났다.

바싹 말라서 튀어나온 앞이마가 더욱 도드라져 보이는 소년이었다.

"네가 짱구구나."

"…예."

"턱이가 네 얘기를 종종 하더구나. 아픈 곳은 다 나았니?"

"…예."

"손 좀 줘볼래?"

무백은 짱구의 몸이 썩 좋은 상태가 아니란 것을 한 눈에
알 수 있었다.

태어날 때부터 약한 몸이었던 모양이다.

몸 안의 기가 무척 약했다.

이런 체질은 무공을 익힌다고 해서 기가 강해지거나 하진
않는다. 스스로의 의지로 자신을 보호하는 수밖에 없는 것이
다.

"턱이 애길 듣고 싶어 할 것 같아서 찾았다. 턱이는 당분간
못 오게 됐다. 일을 배우고 있거든."

"…헤… 그럴 줄 알았어요. 도둑할배가 턱이는 이런 곳에
있을 녀석이… 아니라고 하셨거든요."

짱구는 말을 하는 것이 힘든지 숨을 몰아쉬었다.

"도둑할배?"

"임촌에서 제일 오랫동안 사신 분입니다, 신인."

흑광이 짱구의 느릿느릿한 대답을 듣다못해 나섰다.

"그래요?"

"육십은 넘은 게 분명한데 얼마나 나이를 드셨는지는 아무
도 알지 못합니다. 그분보다 오래 사신 분이 없어서요. 그분
이 턱이를 무척 아끼셨습니다."

"그분은 지금 어디 계신가요?"

"똥개천이라 부르는 곳에 움막을 치고 사십니다."

"만나 뵐 수 있을까요?"

"신인, 그냥 말씀만 하시면 됩니다."

흑광은 넙죽 허리를 숙였다.

짱구가 흑광의 행동에 깜짝 놀라 무백을 신기한 사람 보듯 쳐다봤다.

임촌에서 제일 높은 사람이 지금까지 흑광인 줄 알았는데 흑광보다 더 높은 사람이 있다는 걸 오늘 처음 안 것이다.

"턱이에게 네가 건강하게 지낸다고 말해주마."

"…가, 감사하, 합니… 다…….."

짱구는 겁먹은 표정으로 간신히 대답했다.

조금만 더 얘기를 했다가는 기절이라도 할 것 같은 모습이었다.

"흑 대인, 짱구에게 보약 한 재 먹이도록 부탁드려도 될까요?"

"조치하도록 하겠습니다."

"흑 대인, 도둑할배라는 분이 어디 사시는지 알려주세요."

무백의 말이 떨어지기 무섭게 흑광은 아래층에 있는 아우 둘을 불러 짱구를 데려다 주도록 한 뒤 다시 돌아왔다.

"지금 가시겠습니까?"

"그래도 괜찮을까요?"

무백이 미안한 눈으로 흑광의 다리를 쳐다봤다.

"파하하! 신인, 이 다리는 무쇠처럼 단단합니다. 아무 걱정 말고 부려먹으십시오."

아픈 다리를 손바닥으로 두드리며 크게 웃는 모습에 더 미안해지는 무백이었다.

도둑할배가 머문다는 움막은 썩은 물이 흐르는 도랑 옆에 있었다.

흑광은 개천을 건너기 위해 주변을 살피다 물이 불어 찰랑대는 징검다리를 발견하고 그쪽으로 움직이려 했다.

"서두르죠."

무백은 흑광의 어깨를 잡고 훌쩍 몸을 띄워 개천 너머로 가볍게 내려섰다.

"……!"

흑광은 신기한 경험에 얼떨떨한 표정으로 무백을 돌아봤다.

"계세요?"

무백은 움막의 천을 걷어 올리며 안으로 들어가려 했다.

"거기 누구야! 주인도 없는 집에 왜 들어가!"

뒤쪽에서 얼굴이 온통 주름으로 가득한 노인 한 명이 짚으로 만든 멍석을 뒤집어쓴 채 다가왔다.

"윽!"

노인이 다가오자 무백과 흑광은 그 지독한 냄새에 놀라 자신들도 모르게 코를 막아야 했다.

"누구냐고!"

노인이 다시 소리쳤다.

"턱이에 대해 물어보려고 왔습니다."

무백은 양손을 들어 올리며 대답했다.

"뭐?"

"턱이요, 턱이."

무백은 노인의 귀가 어둡다는 것을 알고서 입모양을 크게 해 볼 수 있게 해주었다.

"터, 턱이?"

노인의 눈이 동그랗게 떠졌다.

"예."

"턱이 없어."

"아니요. 물어볼 게 있어서 왔어요."

"없어. 감자도 안 가져와."

노인은 눈을 감고 고개까지 절레절레 흔들었다.

턱이가 가끔씩 노인에게 감자도 가져다주고 했던 모양이었다.

"도둑할배, 신인께 그래 봐야 안 통해요."

흑광이 킥킥대며 웃다가 나섰다.

"뭐?"

"신인께서 먹을 걸 안 가져와서 저러는 거예요. 제가 해결하도록 하겠습니다."

흑광이 노인에게 다가가 무언가를 건넸다.

노인의 손이 거죽에서 나와 다시 들어가는 시간은 거의 찰나였다.

"턱이에 대해 뭐가 궁금한데?"

노인의 말투가 확 바뀌었다.

귀가 먹은 것이 아니라 흑광의 말대로 나름 먹고 살아가는 방식이었던 것이다.

"짱구가 그러더군요. 노인장께서 턱이는 이런 곳에 있을 녀석이 아니라고 했다고요."

"엥? 노인장? 큭큭. 별 미친 소리를 다 듣겠네. 그냥 할배라고 해, 도둑할배."

"이봐, 도둑할배! 말조심하지 않으면 혼나."

흑광이 조금 전과 전혀 다른 표정으로 노인을 쳐다봤다.

그러자 노인은 찔끔한 얼굴로 재빨리 엉뚱한 곳을 돌아봤다.

"신인께서 물으시잖아, 할배."

"뭐, 뭐라고……."

"아, 턱이가 왜 이런 곳에 있느냐고!"

흑광이 버럭 소리를 질렀다.

"나도 몰러. 애비가 내다 버렸으니까 그렇게 된 걸 나보고 어쩌라고! 카악, 퉤!"

노인은 흑광을 보진 못하고 개울을 향해 고래고래 소리치곤 침을 뱉었다.

'애비?'

무백은 또다시 노인을 다그치려던 흑광의 어깨에 손을 올리고 앞으로 한 걸음 나섰다.

"노인장, 그게 무슨 소리죠? 턱이가 천애고아가 아니란 말입니까?"

"고아지, 지 애비가 죽었으니 고아지."

"언제 죽었습니까?"

무백이 관심을 보이자 도둑할배는 뭔가 얻어낼 수 있을 거라 여겼는지 눈을 빛내다 옆에 선 흑광이 눈을 부라리자 할 수 없이 입을 열었다.

"턱이가 젖을 떼자마자니까… 두세 살쯤이었지, 아마?"

"무덤은 어딥니까?"

"무덤? 염병… 그런 게 어딨어!"

노인은 무백의 말에 기가 막힌 듯이 딸랑 두 개 남은 누런

이를 드러내며 웃었다.

"신인, 이곳에 사는 치들에게 무덤은 어울리지 않습니다. 무덤도 돈이 있어야 합니다."

흑광이 조심스럽게 대신 대답했다.

그러나 노인의 웃음에는 무언가 있었다.

"혹시 턱이 아버님의 이름은 알고 계신가요?"

"알고 있으면?"

"턱이에게 이름을 찾아 줘야지요."

"너 뭐야?"

노인은 무백을 빤히 쳐다보다 대뜸 물었다.

무백은 흑광이 다시 나서려는 것을 막고 정중히 포권을 취했다.

"무백이라고 합니다."

"혹시 턱이를 데려갔다는?"

"예. 제가 턱이를 데려갔습니다."

"잘 지내고?"

"예?"

"턱이 녀석 말썽 안 피우고 잘 지내냐고."

"할 일을 찾아서 열심히 배우는 중입니다."

"큭큭. 역시 종자가 달라. 갸 집안이 원래는 대단했다지? 갸 애비가 한 말이니 사실일 거야. 어디라더라? 무슨 랑이라고 했는데… 어쨌든 그런 곳에 장원을 갖고 있었다고 했어.
죽으면서 한 말이니 흰소리는 아니겠지. 강민. 내가 아무리
기억이 가물가물해도 그 이름은 기억해. 딱 들어도 뭔가 있어
보이잖여."

쿵!

무백의 심장이 떨렸다.

턱이의 생김새가 조금은 강대기와 비슷하다고 여겼다.

튀어나온 턱이며, 부지런하게 챙기는 오지랖이며.

임촌이 난주에서 너무 멀리 떨어져 있어 아예 강가장과 연
관 지을 생각도 하지 않았었다. 그런 상태에서 턱이가 강가장
의 후손이란 말을 들으니 헛웃음이 나왔다.

"강민…… 이름 좋네요."

"그치? 나도 갸 애비에게 그 이름을 들었을 때 좋다고 했다
니까."

"강민. 하하하."

무백은 강민이란 이름을 부르자 웃음이 터지고 말았다.

금가장에 맡겨두고 홀로 움직이길 정말 잘한 것이다.

'이런 것을 두고 운명이라고 하는 거 아닐까?'

턱이와의 만남은 운명이란 말 이외엔 달리 설명할 길이 없
었다.

무백은 한참을 더 웃기만 했다.

흑광과 노인은 그런 무백을 이상한 눈으로 쳐다보며 아무 말도 하지 못했다.

"감사합니다. 지금 당장 드릴 수 있는 것이라곤 이게 전부입니다. 요기라도 하셨으면 합니다."

무백은 품에서 은자를 꺼내 노인의 손에 쥐어주었다.

노인의 손엔 이미 흑광이 건넨 만두 한 점이 쥐어져 있었지만, 무백이 은자를 꺼내는 순간 바닥에 버린 뒤였다.

무백은 곧장 흑광의 어깨에 손을 올려 훌쩍 개천을 건넜다.

그 모습에 노인은 들고 있던 은자가 떨어지는 줄도 모르고 목을 매만졌다.

무백에게 고래고래 소리쳤던 자신이 아직까지 살아 있는 것이 신기했기 때문이다. 얼른 은자와 만두를 주운 것은 당연했다.

조양루로 돌아온 무백은 주루 이 층에 앉아 웃으며 창밖을 내다보고 있었다. 턱이에게 강민이란 이름을 알려줄 수 있게 돼서 다행이었다.

"신인, 좋은 일이라도 있으신가요?"

흑광이 다가와 술병을 탁자에 올려놓았다.

술 한 잔 하고 싶은 마음을 안 모양이다.

"제가 한 잔 드리겠습니다."

흑광이 양손으로 술잔에 술을 채웠다.

무백도 흑광에게 한 잔 따랐다.

"흑 대인은 언제부터 이곳에 계셨던 거죠?"

"어이구, 저는 어릴 때 굴러 들어와 삼십 년째 이러고 있습니다."

"이곳 사람들을 어떻게 다뤄야 하는지 잘 아시는 것 같더군요."

"제가 그렇게 살아와서 그렇습죠. 조금만 편하게 해주면 되는데 그걸 안 해주려고 윽박지르고 못살게 굴고. 다들 몰라서 그런 겁니다."

흑광은 아무렇지도 않게 자신의 생활에 대해 말을 했지만 듣고 있던 무백은 크게 놀라고 말았다.

무(武)를 수련하는 사람이라면 한 번은 들려주고 싶은 말이었다. 아무리 노력해도 다음 단계로 올라갈 수 없는 사람들에게 흑광의 말은 커다란 깨우침을 줄 수도 있기 때문이다.

도(道).

흑광은 생활의 도를 닦는 사람인 것이다.

"고민이 하나 있습니다. 좀 도와주시겠습니까?"

"신인, 그냥 하라고 말씀만 하시면 됩니다."

"그 전에… 흑 대인이 이런 극진한 대접을 해주실 만큼 제가 큰일을 한 건가요?"

"……."

흑광은 잠시 대답을 주저했다.

무백이 왜 이런 말을 하는지 이해할 수 없기 때문이다.

"편하게 말씀해 주세요."

"너무 당연한 거라 어떻게 설명을 해드려야 할지 몰라서 말입니다. 굳이 설명을 하자면, 신인께서 제게 이곳을 통제하라고 하기 전엔 저는 아무것도 할 수 없는 다리병신일 뿐이었습니다. 신인께서 일을 주셔서 제가 할 수 있는 일을 한 것뿐입니다."

흑광은 역시 이번에도 모든 공을 무백에게 돌렸다.

사고 자체가 무백과는 다른 것이다.

무백은 너무도 이해하기 쉬운 대답에 할 말을 잃고 말았다. 그 대답으로 흑광을 어떻게 대해야 하는지 확실히 깨닫게 됐다.

"내일 저와 함께 어딜 가야 합니다. 이곳 통제는 다른 사람에게 맡기고 떠날 준비를 해주세요."

"알겠습니다."

역시나 흑광은 조금도 주저 않고 대답했다.

"물어볼 것은 없나요? 어딜 가는지, 왜 가는지."

무백의 질문에 흑광은 당연히 있을 리 없다는 표정으로 쳐다봤다.

"됐습니다. 아! 내일 떠나려면 묵을 방이 필요해요."

"준비해 놓도록 하겠습니다."

"정리가 끝나면 들리세요."

"명심하겠습니다, 신인."

흑광은 일체의 부연 설명이 필요 없었다.

무백이 다시 술병을 들어 흑광의 잔을 채우려 했다.

"일부터 처리하고 와서 마시면 안 되겠습니까? 조금이라도 맨 정신일 때 처리하고 싶어서 말입니다."

"그러세요."

"그럼 잠시 자리를 비우도록 하겠습니다."

흑광은 얼른 자리에서 일어나 주루 아래로 내려갔다.

무백은 흑광을 보면서 믿음이 간다는 것이 어떤 뜻인지 알 것도 같았다.

무백이 할 수 없는 일을 해내는 것을 보면 분명 능력자라고 해야 했다. 저런 능력자를 부리게 됐다는 생각에 무백은 또 기분이 좋아졌다.

강대기의 후손을 이미 만났다는 것을 알았고 그 후손에게 이름도 찾아주게 됐으며, 무엇보다 흑광이란 믿음직한 부하를 갖게 됐다.

'내게 부족한 걸 흑 대인은 갖고 있다. 현재의 내게 가장 필요한 사람이다.'

무백은 흑광이란 사람 자체가 마음에 들었다.

흑광이 돌아온 것은 약 두 시진가량이 지난 뒤였다.

흑광보다 한 배 반은 더 큰 덩치가 이 층으로 올라왔다.

"신인이시다. 뒤쪽에 웅덩이를 만드신 분이란 뜻이다."

흑광이 무백에게 다가와 허리를 굽히자 데려온 사내가 큰
절을 올리며 일어나질 못했다.

무백은 어찌해야 할지 몰라 흑광을 쳐다봤고 흑광은 웃으
며 일어나지 못하는 사내의 어깨를 두들겼다.

"신인께선 한 번 본 사람을 잊으시는 법이 없다. 네가 나처
럼 이곳을 잘 통제하지 못하면 그 구덩이에 파묻히게 될 것이
다."

흑광의 목소리엔 특별한 억양이 없었으나, 넙죽 엎드린 사
내는 어깨를 바르르 떨었다.

저 덩치를 말 몇 마디로 떨게 하는 솜씨에 무백은 다시 한
번 웃었다.

사내가 일어나 무백에게 고개를 조아렸다.

"저, 저는 마, 만득이라고… 여, 열심히 하, 하겠습니다!"

"이런."

무백은 만득이의 인사에 놀라 젓가락 하나를 바닥에 떨어
뜨렸다.

만득이는 재빨리 무너지며 젓가락을 주우려 했다.

그러나 떨어진 젓가락이 바닥에 꽂혀 뽑히질 않았다.

"일어나세요."

무백의 말에 만득이는 겁먹은 얼굴로 똑바로 섰다.

무백은 손바닥을 아래로 한 채 슬쩍 들어 올리는 시늉을 했다.

"헉!"

만득이는 입을 쩍 벌린 채 다물질 못했다.

젓가락이 저절로 뽑혀 무백의 손으로 빨려 들어왔기 때문이다.

"만득. 흑 대인 뒤를 잘 부탁해요."

"아, 아무 염려 마, 마, 마······."

만득이는 울고 싶은 마음이 들었다.

말을 하고 싶은데 겁이 나서 제대로 말을 이을 수가 없기 때문이다.

"흑 대인, 이제 저 좀 보시죠."

"알겠습니다. 넌 그만 가봐라."

"예!"

만득이는 무백에게 다시 큰절을 올리고는 커다란 덩치를 흔들며 아래층으로 내려갔다.

그제야 흑광도 다리를 덜덜 떨었다.

잠시 잊고 있었다. 흑광의 앞에 있는 사람은 손짓 한 번으로 수십 명의 목숨을 좌지우지할 수 있는 신인인 것이다.

"앉으세요, 흑 대인."

"그, 그냥 서 있도록 하겠습니다."

"그럼 술을 마실 수 없잖아요."

"알아서 조치를 모두 취해 놓으셨겠지만 조금 전과 같은 압력도 필요할 것 같아 장난 좀 쳤습니다."

"자, 잘하셨습니다."

"일단 앉으세요."

"예."

흑광이 자리에 앉았다.

바짝 긴장한 모습이 조금 전과 완전 딴판이었다.

"내일 저와 갈 곳은 하서회랑이에요."

"하서회랑. 알겠습니다."

"흑 대인이 할 일은 그곳에 가서 알려 드릴게요."

"예."

흑광은 대답을 하고 술잔을 비운 뒤 정자세를 유지했다.

편하게 마시라고 해도 그럴 수 있는 사람이 아닌 것이다.

무백은 술을 더 마시는 건 포기하고 자리에서 일어났다.

"올라가십니까?"

"흑 대인도 같이 가세요."

"아닙니다. 저는 따로……."

"할 말이 좀 있어요."

"알겠습니다."

흑광은 미리 말해놓은 방으로 안내했다.

방 안엔 침상 외에 탁자가 따로 놓여 있었다.

"와서 앉으세요."

"예."

"난주까진 꽤 먼 거리예요. 그 몸으로 저와 함께 움직이긴
힘들 것 같아 좀 봐드리려고 불렀어요."

"……?"

흑광은 무백이 무슨 말을 하는지 알아듣지 못해 이어질 말
을 기다렸다.

"침상으로 가서 누워보세요."

흑광은 좌측을 돌아봤고 아무도 없는 걸 확인한 후 우측을
돌아봤다. 역시나 아무것도 없었다. 즉, 침상에 누워야 할 사
람은 흑광 자신인 것이다.

"상처가 얼마나 방치됐는지 모르지만 가능한 방법이 있는
지 찾아보지요."

"서, 설마 제 다리를……."

흑광은 황당해서 말도 안 나왔다.

다친 직후에 의원들도 포기했던 다리를 십 몇 년이나 흐른
지금 무슨 수로 고친단 말인가?

"어차피 흑 대인으로선 손해 볼 일은 아니잖아요."

"그, 그렇긴 합니다만⋯⋯."

"누워보세요."

무백이 침상을 가리켰다.

흑광은 기대하지 말자고 몇 번이나 다짐하고 침상에 가 엎
드렸다.

'헉!'

뜨거운 불덩이가 아랫배에서 일어났다.

화들짝 놀라 몸을 일으키려 했으나 어찌된 일인지 몸이 말
을 듣지 않았다.

'끄으윽!'

몸속에 일어난 불덩이가 아래로 내려가 허벅지를 지나 발
목에 이르렀다. 멀쩡한 오른쪽은 별 다른 느낌이 없는데 다친
왼쪽 발복이 서서히 뜨거워졌다.

발목을 살피던 무백의 눈에 이채가 감돌았다.

진기를 흘려 넣어 끊어진 곳을 찾는데 오른쪽과 왼쪽 발목
모두 끊어진 곳은 없었다.

'근맥은 멀쩡하다. 그렇다면 다쳤을 때 치료를 받지 못해
서 그런 건가?'

무백은 흑광의 등에서 손을 떼고 왼쪽 발목을 만졌다.

확실히 약해져 있었다.

"됐습니다."

무백이 흑광의 발목에서 손을 뗐다.

"고생하셨습니다."

흑광은 자신의 발에 대해 아무것도 묻지 않고 침상에서 내려왔다.

"내일 일찍 떠날 테니 일어나자마자 오세요."

"예."

"흑 대인."

"예?"

"왜 아무것도 안 물어보세요?"

"제가 알아야 할 것이 있다면 신인께서 알려 주셨겠지요."

"발은 생각보단 괜찮은 상태입니다. 난주까지 가는 동안 치료가 가능할지는 모르겠네요. 일단 시간을 두고 지켜보기로 하죠."

"…지, 지금… 제, 제가 다시 걸을 수 있다고 말씀하신 겁니까?"

"걸을 수 있습니다."

"……!"

흑광은 입을 쩍 벌리고 자신의 발을 몇 번이고 내려다봤다. 움직여 보고 싶었으나 괜히 그랬다가 잘못되면 어쩌나 실천에 옮기진 못했다.

"내일 뵙죠."

"예. 그, 그럼 이만 물러가겠습니다."

흑광은 얼결에 허리를 숙이고는 방문을 닫고 나왔다. 아마도 집으로 돌아간 흑광은 신기한 경험을 하게 될 것이다.

무백이 진기로 이어놓은 근맥은 밤새 근질거릴 테고 그 때문에 잠에서 깨어 걷고 또 걸을 것이다.

다음 날 새벽.

불규칙적인 소리가 계단을 울렸다.

눈을 감고 있던 무백은 웃음을 지었다.

들려온 걸음걸이 소리로 흑광이 올라오는 것을 알 수 있었기 때문이다.

똑, 똑, 똑.

"신인, 흑광입니다."

"들어오세요."

무백의 허락이 떨어지기 무섭게 흑광이 문을 열고 들어섰다. 어제와 확실히 달라진 걸음이었다. 아직은 왼쪽에 힘을 주는 것이 힘들어 보이지만, 걷고 있었다.

"걷는 건 어떠세요?"

"너무 좋아서 잠 한숨 못 잤습니다."

"출발할까요?"

"모시겠습니다."

흑광은 잠 한숨 못 잤다는 말과 달리 쌩쌩한 표정으로 방문을 열었다.

아직은 절룩거리지만 난주까지 가는 동안 왼쪽 다리에 근육도 붙을 테고 곧 균형도 잡힐 것이다.

'흑 대인은 나이 때문에 강 형님의 탄궁일권을 알려줘도 대성은 힘들다. 다른 권이라면 괜찮을지도.'

탄궁일권은 강대기의 수많은 실전 경험과 깊은 공부를 통해 만들어진 권이다. 당연히 그 안에는 수많은 초식이 담겨 있었다.

그중에 한 가지를 익히게 하면 될 것이다.

두 사람은 조양루를 나와 마을 입구로 갔다.

예전에 턱이와 움직일 때는 한시라도 빨리 천양에 도착하고 싶은 마음뿐이었으나 지금은 그 반대였다.

태양문에 도착하기 전까지 흑광이 권을 사용할 수 있도록 해주어야 했다.

"흑 대인……."

"신인, 그냥 흑광이라고 불러주시면 안 되겠습니까? 그 소리 들을 때마다 신인께 죄를 짓는 것 같아 괴롭습니다."

흑광이 아연실색을 하며 사정했다.

처음 만났을 때 이미 흑광은 무백을 주군처럼 여기고 있었다. 그렇게 여기는 사람에게 대인이라 부르니 당연히 곤혹스러울 수밖에 없었다.

"그럼 앞으론 흑광이라 부르겠어요."

"예. 말씀도 편하게 해주시면 좋겠습니다."

흑광은 정말로 무백을 어려워했다.

상하 수직 관계에 익숙한 그에게 나이의 고하는 그다지 중요하지 않았다. 한 번 모시겠다고 결정하면 그것으로 그만이지 나이는 의미가 없기 때문이다.

무백은 잠시 고민을 했으나 이내 결정을 내린 듯 입을 열었다.

"그러지."

"감사합니다, 주군! 그냥 종처럼 부려 주십시오."

흑광은 말을 하고 나서 헤벌쭉 웃었다.

첫 만남에서부터 이미 무백은 그에게 있어 신이나 마찬가지였다.

"주군?"

"모시는 분을 다들 그렇게 부르잖습니까."

"주군이라. 생소하군."

무백은 자신도 모르게 웃음이 나왔다.

처음 들어보는 호칭이라 어색한 까닭이다. 허나 나쁘지도 않았고 흑광을 거두는 것도 필요했다.

"알겠네, 흑광."

"예!"

흑광은 무백이 자신을 부하로 인정하자 환하게 웃으며 연신 고개를 조아렸다.

"우리가 가는 곳은 태양문이다."

"태양문이요?"

"백 년 전에는 다른 이름이었는데 지금 그곳에서 사는 사람들이 태양문으로 이름을 바꾼 것 같다."

무백은 그곳에 살고 있는 설미 등을 떠올렸다.

강대기의 후손을 찾지 못했을 때는 별다른 생각을 하지 않았으나, 턱이의 이름이 강민이란 것을 알고 나니 그들을 어떻게 해야 할지 고민이 된 것이다.

"이런 경우는 어떻게 해야 하지?"

"…뺏은 겁니까?"

"그건 모른다. 어떻게 해서 그들이 그곳에 자리를 잡게 된 건지."

"흠. 골목 같은 경우는 원 주인이 사라지면 먼저 차지하는 놈이 임자입니다. 원 주인이 돌아왔다고 내어줄 놈들이 아니거든요. 해서, 결국은 싸워서 다시 찾아야 하지요."

"그런가?"

"하지만……."

흑광은 대답하기 전에 잠시 뜸을 들였다.

"편하게 말해주게."

"제가 말씀드린 것은 어디까지나 골목에 한한 얘깁니다. 무공을 할 줄 아는 강호인들이 골목처럼 지저분한 싸움을 하진 않겠지요."

흑광은 강호에 대한 환상을 품고 있었다.

무백이 살았던 백 년 전이나 지금이나 강호 역시 힘의 논리가 지배하는 것은 변하지 않았다. 아니, 그 논리는 변할 수가 없을 것이다.

태양문을 유린하던 자들이 자신들은 군림회 소속이니 그래도 된다는 듯 쳐다보던 모습이 떠올랐다.

"강호나 흑광이 살던 골목이나 똑같아."

'얼래? 강호에서 잔뼈가 굵은 사람처럼 말씀하시네?'

흑광은 무백을 의아한 눈으로 쳐다봤다.

무백이 고수란 것은 알고 있지만 강호의 생리까지 단정 짓듯 말할 정도의 나이는 아니란 생각이 든 까닭이다.

"그곳은 주인이 따로 있으니 주인이 돌아올 때까지만 지내라고 하면 말을 들을까?"

"들을 리 없습니다."

"그런가?"

"방법을 달리하시면 됩니다."

"방법을?"

"그들을 주군 밑에 두시면 됩니다."

"내 밑에 두라고?"

"제가 주군을 따르듯이 그들도 그렇게 만들면 주군께서 걱정하는 모든 문제가 해결됩니다. 그곳에 사는 자들을 제압한 뒤, 주인이 올 때까지만 살라고 명령하시면 됩니다."

흑광은 너무도 간단히 답을 냈다.

충분히 가능한 얘기였다.

그러나 제압해야 하는 사람들이 아들을 지켜야 하는 어머니와, 전 문주와 생사고락을 함께 했던 동료들이라면?

문제가 될 수밖에 없었다.

"흑광을 데려오길 잘했네. 일단 부딪쳐 봐야지."

"그렇습니까? 그럼 좀 더 주군께 인정받을 수 있도록 다른 방법도 생각해 보겠습니다."

흑광은 헤벌쭉 웃으며 고개를 숙였다.

얼굴엔 인정받았다는 은근한 자신감이 비쳐 있었다.

무백도 그제야 웃을 수 있게 됐다.

'턱이 녀석, 잘 지내고 있으려나?'

무백은 금가장에 있을 턱이를 떠올리자 웃음이 그치지 않았다.

第四章 금지된 무공의 위력

요요가 천양에 도착한 지 이틀이 지났다.

도착하자마자 바로 금가장의 내부 지도를 구해 진벽군이 어디에 숨어 있어야 할지 장소를 물색했다.

'각주께서 돈벌레라고 하시더니 정말 대단한 장원이구나. 들어오고 나가는 마차의 수가 족히 백 대는 될 것 같다. 웬만한 표국 열 개를 합친 것보다 많은 수 아닌가?'

요요는 이런 곳의 주인이란 자가 어째서 금지된 무공까지 익히려 하는지 이해할 수 없어 고개를 갸웃거렸다.

진벽군이 숨어 있을 위치는 이미 정한 뒤였다.

한 여인을 발견하기 전까지는 그랬다.

백의를 입은 젊은 여인이었는데 노파 둘이 그녀와 한 걸음도 떨어지지 않았다. 거기까진 그럴 수 있었다. 허나 그녀가 마차를 타려다 아주 잠깐 요요가 있는 곳을 돌아본 것이다.

금가장의 정문이 보이는 주루 지붕에 몸을 숨기고 있던 요요를, 지난 이틀 동안 아무도 발견하지 못한 그녀의 기척을 알아차린 것 같았다.

요요는 바로 몸을 빼내면 들킬까 봐 숨죽인 채 가만히 있었다.

미녀는 이내 마차를 타고 떠났다.

마차가 요요의 시야에서 보이지 않을 때까지 기다렸다가 몸을 일으켰다.

'아까 그 여자 뭐지? 느낌이 아주 이상해. 빙궁과 관련이 있다더니 빙궁의 고수인 것 같아. 잠우… 혹시 너도 저 여자와 만난 거냐?

요요는 미녀의 시선을 떠올리자 심장이 벌렁거렸다.

조금 더 살펴야 하지만 안 좋은 예감이 들었을 때는 일단 자리를 피하는 것이 상책이었다.

슷.

요요가 사라지고 난 직후, 그 자리에 백의를 입은 여인이 나타났다.

마차를 타고 떠났던 선하연이었다.

선하연은 고개를 갸웃거리며 주위를 살폈다.

"분명 기척을 느꼈는데."

선하연은 마차에 오르기 전 누군가가 자신을 보고 있고 그곳이 지붕 위란 것을 알고서 일부러 떠났다가 되돌아온 것이다.

"아닌가?"

마차가 골목을 돌자마자 날아온 선하연보다 반응이 빠른 사람이 이곳에 있었다?

그럴 가능성은 거의 없었다.

선하연은 이내 미간을 찌푸렸다가 지붕 위를 걸어갔다. 마치 누군가 그녀를 보고 있다면 반응을 보이라는 듯한 행동이었다.

"세상에……."

주루 아래로 내려가 골목에 등을 기댄 채 있던 요요는 선하연이 완전히 사라질 때까지 체온을 내리고 심장박동 수를 느리게 만들어 버렸다.

저 정도의 고수라면 갑자기 움직이며 발생한 열이나 빨라진 심장박동 수만으로도 요요를 찾아낼 것 같았기 때문이다.

틀림없이 금가장을 떠나는 마차에 타던 미녀였다.

요요가 그곳에 있었음을 감지했던 것이 분명했다.

그 상황 하나로 선하연의 실력이 요요보다 한참 위에 있음이 드러났다.

"갔다. 이거, 이거… 진벽군 다섯으론 어림도 없는 것 아니야?"

요요는 그 상태로 반 시진 가량 더 있다가 움직였다.

혹시나 기다리고 있을지도 모른다는 생각에 과할 정도로 조심한 것이다.

선하연 같은 고수가 있는 상황에서 금율을 암살한다?

불가능한 일이었다.

"웬 복마전?"

요요는 인상을 쓰며 짜증스런 목소리를 냈다.

간단히 끝낼 수 있을 거라 여겼건만 간단은커녕 엄청 위험한 상황이 되고 말았다.

금가장이란 곳에 궁금함이 생겼다.

"장난 한번 쳐봐?"

요요의 눈에 웃음이 감돌았다.

조금 전의 미녀가 없는 지금이라면 암살도 가능할 것 같은 생각이 들었기 때문이다.

생각은 곧장 실천으로 옮겨졌다.

금율은 집무실에 있다 은밀한 기척을 느끼고 밖으로 나왔다. 그의 손엔 보도가 들려 있었다.

밖으로 나오니 금성문과 약령이 먼저 나와 기다리고 있었다. 이미 암습을 받아본 뒤라 경계를 하고 있었던 모양이다.

"두 사람은 무슨 일이냐?"

"그냥 가만히 있을 수가 없던데요?"

금성문이 웃으며 도를 어깨에 올렸다.

무백의 도움으로 미륵삼불해의 흐름을 몸에 새기게 된 금성문의 성취는 이미 금율을 앞선 상태였다.

세 사람이 있는 곳으로 떨어진 인영의 수는 모두 다섯.

금율은 뒤쫓아온 호위무사들에게 물러서라 외치고 앞으로 나섰다.

"금가장엔 무슨 일로 오셨는가? 저번엔 혼자 오더니 이젠 다섯이 떼로 몰려왔군."

금율이 가장 앞에 나와 있는 평범한 인상의 중년인에게 말했다.

"우린 그런 것 모른다."

"그 사람도 그런 비슷한 말을 하더군. 나를 죽이러 왔나?"

"그렇다."

"누가 시켰는지 물어도 말은 해주지 않겠지?"

"……."

역시나 중년인은 입을 다물었다.

금율은 더 이상 묻는 것이 무의미함을 깨닫고 도를 들어 올렸다.

준비하고 있었는지 뒤쪽의 세모꼴 얼굴을 한 인영이 금율을 향해 달려들었다.

양손에 쥐고 있는 조(爪)가 쑥 자라나며 그대로 금율의 얼굴을 그어 왔다.

쾅!

"어딜!"

조가 금율의 머리에 떨어지기도 전에 엄청난 폭음이 터지며 인영을 날려 버렸다.

금성문이 아지랑이 피어나는 도를 들고서 나머지 네 명을 내려다봤다.

쉭—

날아간 인영에게 다가간 사람은 약령이었다.

떨어지는 자의 등에 한 손을 대고 다른 손으로 얼굴을 때렸다.

픽!

약령의 양손에 하얀 서리가 내려앉았다.

처음부터 월령소수를 펼친 것이다.

"약령, 잘했다."

"공자님, 축하드립니다."

약령은 완전히 달라진 금성문의 신위에 기뻐서 소리라도 지르고 싶은 심정이었다. 요 며칠 금성문을 볼 수 없어 금율에게 묻기도 하고 찾아보기도 했지만 금성문은 모습을 보이지 않았다.

다 이유가 있었던 것이다.

기연을 얻었는지 이전과는 비교도 할 수 없는 능력을 보여주었다.

"그런 말은 나중에 해다오. 아직 몸도 안 풀었거든."

"풋."

약령은 금성문의 농담에 웃음을 터트릴 수 있었다.

아무리 다급한 상황이라도 자신만 믿으라는 금성문의 자신감이 너무 좋았다.

뒤쪽에서 둘을 지켜보던 금율은 수염을 쓰다듬었다.

"령아, 성문이만 너무 치켜세우지 마라. 나도 그 정도쯤은 할 수 있단다. 허허허."

금율은 말을 마치자마자 도를 쥐고 네 명의 진벽군을 향해 무서운 기세를 뿜어내며 달려갔다.

"기다리세요, 아버님!"

"장주님, 저희에게 맡기세요!"

금율의 도가 아지랑이를 피워내며 앞쪽의 중년인을 쓸어갔고, 금성문은 식지 않은 열기를 그대로 뿜어내며 다른 진벽군 둘을 몰아쳤다. 그 뒤를 약령의 월령소수가 받쳐 주니 진벽군들은 주춤 뒤로 물러서야 했다.

쾅! 쾅!

연속해서 두 번의 굉음이 터졌다.

금율과 금성문의 도가 진벽군 둘과 부딪쳤고 튕겨 나오는 진벽군의 몸에 약령의 월령소수가 작렬했다.

쾅!

세 사람의 합공은 더 이상 완벽할 수 없을 정도로 압도적인 힘을 보여주었다.

진벽군들은 진벽대법을 펼친 상태임에도 팔이 떨어져 나가는 고통을 느껴야 했고 실제로 팔이 잘린 자도 있었다.

이런 고수들을 상대하라고?

아직 멀쩡한 진벽군 중 한 명이 뒤쪽을 돌아봤다.

어디선가 지켜보고 있을 요요를 찾는 눈이었다.

'저런 덜떨어진 놈! 뒤에 누가 있다는 듯이 쳐다보면 어쩌라고!'

요요는 상황을 지켜보다 금율 등의 무위에 놀라 숨을 죽이고 있던 상황이었다.

진벽군이 돌아보자 기겁을 하며 자리에 남겼을지 모르는 흔적을 모두 지우고 재빨리 자리를 빠져나갔다.

'금지된 무공이 저 정도로 위험한 무공이었나? 항상 너무 쉽게 죽여서 몰랐었다. 아니지, 저들이 익힌 무공이 금지된 무공이 맞기는 한 건가? 모르겠다. 일단 각주님께 보고부터 해야 한다.'

요요는 뒤도 안 돌아보고 신법을 펼쳐 금가장에서 가능한 멀리 떨어져 갔다.

빙공의 고수라 여겼던 미녀가 없어서 시도한 일인데, 여고수 한 명이 더 있었다.

'진벽군 다섯이 아니라 비각 십대고수 다섯과 함께 왔어야 했어. 일개 장원치고는 규모가 지나치게 크다는 생각은 했지만 저런 말도 안 되는 전력을 보유하고 있을 줄이야.'

요요는 조금 전에 본 광경을 믿을 수가 없었다.

진벽군 다섯이면 웬만한 중소문파 하나쯤 사라지게 하는 일은 식은 죽 먹기보다 쉬운 일이었다. 그런 전력을 데리고도 죽여야 할 목표를 피해 도망치고 있는 것이다.

무엇보다, 그 무시무시한 미녀 고수가 없는 상황에서 이런 일을 겪었다는 것이 요요로 하여금 뒤도 돌아보지 못하게 했다.

*　　　*　　　*

요요가 금가장에서 가능한 멀리 도망치는 시각.

한 사내가 빠르게 길을 따라 신법을 펼치고 있었다.

일자 눈썹에 예리하게 빛나는 눈, 두툼한 입술을 따로 떼어내 보면 충분히 미남이라 불려도 될 만했다. 허나 그의 코까지 합쳐지면 얘기는 달라진다.

유난히 큰 코가 사내의 얼굴 중심에 자리하자 안타까운 상태의 얼굴이 되고 말았다.

추남.

더도 덜도 그 외엔 달리 불릴 말이 없었다.

"킁킁."

사내는 연신 코를 벌름거리며 냄새를 맡았다.

"…다 왔구나."

현 강호에서 사내보다 뛰어난 추적술의 대가는 흔치 않다. 한 번 맡은 냄새는 십 년이 지나도 잊지 않는다는 만향추혼(萬香追魂) 독웅이었다.

비각의 십대고수 중 일인이지만 무공보다는 추적술로 더욱 인정받고 있었다.

그가 이번에 맡은 임무는 잠우의 흔적을 좇는 것이다.

독웅은 잠우가 마지막으로 연락을 보낸 폐가 앞에 멈췄다.

"킁킁."

폐가 앞의 땅이 불룩하게 솟아 있었다.

그곳으로부터 기이한 냄새가 독웅의 후각을 자극했다.

독웅은 그곳부터 조사하지 않고 폐가 안으로 들어갔다.

중앙에 잠우가 피운 것으로 짐작되는 모닥불의 재를 일일이 손에 묻혀 냄새를 맡았다. 그리고는 거미줄이 허옇게 쳐진 창문가의 딱딱하고 동그란 무언가를 집어 코로 가져갔다.

"전서구가 여기서 배설을 했다. 먹이를 먹었으니 싸야겠지. 그렇다는 것은, 잠우가 보고를 하기 전에 누군가 왔다는 뜻인데……."

독웅이 천천히 밖으로 나갔다.

시체 썩는 냄새일 것이다.

독웅은 잠시 서서 고민을 해야 했다.

얼마나 깊이 묻었는지 확인하려면 흙을 파헤쳐야 하는데 그러기 위해선 손을 더럽혀야 하기 때문이다.

독웅이 자신의 소매로 손을 가져갔다.

"얼마나 깊은 곳에 시체가 있는지 알려다오."

독웅이 꺼낸 것은 납작한 그릇이었다.

시의(尸蟻).

시체를 먹고 사는 개미로 시체 주위에 암수 한 쌍을 놓으면 순식간에 번식해 뼈까지 흔적도 없이 먹어치우는 식인개미였다.

암놈을 잡아놓고 수놈을 풀었다.

시의는 빠르게 땅속으로 파고들었다.

암놈에게 돌아올 때까지의 시간을 반으로 나누면 시체가 있는 곳의 깊이를 잴 수 있다.

"깊지 않군."

독웅은 땅으로 올라온 수놈을 수거한 뒤 그릇의 뚜껑을 닫아 소매에 다시 넣었다.

"석 자 정도라. 흡."

독웅이 땅을 향해 양손을 뻗었다.

펑! 펑!

땅이 두어 번 들썩인 뒤 안을 드러냈다.

잠우의 무기인 청번 끝이 보였다.

독웅은 빠르게 땅을 파헤쳐 잠우를 확인했고 곧바로 사인을 찾아갔다.

모든 조사를 마친 것은 약 삼각.

"거대한 무언가에 맞아 한 번에 파묻혔다. 청번이 세로로 놓인 것은 막으려다 오히려 당해서인 것 같고, 칠공에서 나온 피는 내부 장기의 파열 때문이다."

독웅은 인상을 찌푸렸다.

그의 판단은 수많은 경험을 토대로 하기에 틀리지 않았다. 허나 진벽군이나 보통 무인이라면 넘어갈 수 있어도 죽은 사람은 비각 십대고수 중 한 명인 잠우였다.

주변에는 손속을 교환한 흔적은 있지만 상대가 무슨 무기를 사용했고 어떤 무공을 썼는지 알 수는 없었다.

"저 적우가 감당하지 못할 힘에 눌려 죽었다. 돈이 좋지만 이번 일은 괜히 맡겠다고 한 것 같은데……."

독웅은 흔들거리는 코를 손가락으로 툭툭 건드렸다.

그에게 매우 중요한 코를 괴롭힌다는 것은 심리적으로 곤란한 상황에 처했다는 뜻이었다.

독웅의 무공은 잠우보다 약하다. 혼자서 이번 일을 맡아선 안 되는 것이다.

"누구를 불러달라고 해야 하나? 유인할 사람으론 궁선(弓仙)이 적격이고, 막다른 곳에서 한 방에 죽일 수 있는 태부(太斧)도 있으면 좋고, 혹시나 모를 상황을 대비해 환영인까지?"

독웅은 환영인을 떠올리자 코가 빨개졌다.

요요를 한 번이라도 본 사람은 그녀의 알몸이 어떻게 생겨먹었을지 궁금해질 수밖에 없는 것이다.

적을 추적하는 것만 맡으면 나머진 그들이 알아서 처리할 것이다.

결정을 내리자 독웅은 주저 없이 숯으로 만든 막대로 손바닥보다 작은 천에 무언가를 빠르게 써나갔다. 그리고는 허공을 올려다보며 휘파람을 불렀다.

언제부터 그곳에 있었는지 나무 꼭대기에서 어른 팔뚝만

한 매가 수직으로 떨어져 내렸다.

*　　　*　　　*

금율을 노린 자객들의 침입 소식은 금가장 전체로 퍼졌다. 하인들과 일꾼들은 자신들 주위에 수상한 사람이 숨어 있는지 살피기에 여념이 없었다.

금율의 안위를 걱정해 자발적으로 하는 행동들이었다.

"턱아, 너 혼자서 안 무섭겠느냐?"

턱이가 금서각으로 들어가려 할 때 빗자루를 한 아름 든 노인 한 명이 다가왔다.

"뭐가요?"

턱이는 노인의 말을 이해하지 못해 고개를 갸웃거렸다.

노인의 별명은 싸리할아범이다. 싸리나무를 모아 금가장에서 사용하는 빗자루를 만드는 것이 그의 일이었다.

"얘기 못 들었어? 낮에 장주님이 위험한 일을 당하셨잖아."

"아, 얘기 들었어요. 장주님이 모두 제압했다고 하시던데요?"

"제압이야 당연히 하셨지. 헌데 자객이 더 있을지 어찌 아느냐고? 무사들이 장원 안을 샅샅이 뒤지곤 있지만 혹시 숨어 있는 자가 한 명이라도 있어 봐. 그래서 혼자 있는 게 괜찮냐고 물은 거야."

"에이, 제가 뭐라고 그런 사람이 저를 노려요. 괜찮습니다, 할아버지."

턱이가 씩씩하게 대답했음에도 노인은 걱정스러운 눈으로 쳐다봤다.

"그러지 말고 며칠 동안 이 할애비와 함께……."

"안 돼요. 아저씨가 내주신 숙제 밀리면 혼나요."

"무 소협 떠났다며?"

"다시 오세요."

"은제?"

"그야 일 끝마치시면 오시겠죠."

턱이의 태평스러운 대답에 노인은 혀를 찼다.

턱이가 괜한 희망에 고집을 부리고 있다 여기는 눈치였다.

"할아버지, 내일 뵐게요."

턱이는 노인이 또 뭐라고 할까 봐 재빨리 인사를 한 후 금서각으로 들어가 버렸다.

금서각 안으로 들어온 턱이는 바빠졌다.

옷을 갈아입을 새도 없이 서고 한편에 서서 주먹을 쥐고 내질렀다.

팡!

경쾌한 발소리가 터졌다.

주먹보다 발이 땅을 때릴 때가 더 기분이 좋다. 몸속을 돌아다니는 놈들의 반응도 그때부터 일어나기 때문이다.

무백이 떠난 다음 날부터 한 수련이었다.

거처를 옮겨준다는 금율을 설득해 이곳에서 지내게 됐고, 그 덕에 천자문도 뗐고 소학(小學)을 구해 시간 날 때마다 필사하며 지내고 있었다.

그 외의 모든 시간은 지금처럼 몸속을 꿈틀거리는 놈들 찾기에 여념이 없었다.

무백이 돌아오면 칭찬받고 싶다.

이것이 턱이의 바람이었다.

언제고 무백이 놈들을 끌어냈을 때처럼 부릴 수 있다면 칭찬은 따 놓은 당상일 것이다.

짧고 길게, 길게, 짧게…….

무백이 몸속에 있는 놈을 끌어낼 때 분명 턱이는 그렇게 숨을 쉬었다.

아래로 내려가려고 하면 발을 굴러 못 도망가게 하고, 위로 올라가려고 하면 주먹을 내질러 막았다.

그렇게 하고 나면 개운해졌다.

놈들과 노는 데 재미를 붙이니 묘한 승부욕도 생겼다.

어느새 달이 제법 기울었는지 창문으로도 모습을 볼 수 없었다.

"후웁. 좋아, 오늘은 여기까지."

턱이는 숨을 고르며 땀범벅인 몸을 씻기 위해 금서각 뒤쪽의 우물로 갔다.

무백에게 칭찬받기 위한 고군분투의 하루가 그렇게 끝이 났다.

"돌아오셔서 저를 보시면 깜짝 놀랄걸요? 헤헤헤."

턱이는 방을 지나치며 문 위쪽을 툭, 건드렸다.

처음 금서각에 왔을 때만 해도 문의 삼분지 이 높이도 닿지 않던 손이 이제는 끝을 만질 수 있게 된 것이다.

*　　　*　　　*

태양문.

대전 안으로 문도 한 명이 뛰어들었다.

그의 얼굴엔 다급함이 가득했고 눈동자는 불안으로 계속해서 떨렸다.

"부문주님! 지금 밖에 난리가 났습니다!"

차를 마시던 사람들이 일제히 입구를 돌아봤다.

"난리?"

두진이 입가를 훔치며 자리에서 일어났다.

"비호림(飛虎林) 놈들이 쳐들어왔습니다."

"비호림? 그치들이 우리를 왜……."

두진이 고개를 갸웃거리며 자리에서 일어났다.

비호림은 어중이떠중이가 모여 형성된 일종의 도적단이었다. 뜻이 맞는 종자들이 인적 드문 숲에 하나둘 모이면서 자연스럽게 형성됐다고 알려져 있었다.

무공은 이류에도 못 미치는 자들이지만 숫자가 제법 되어 근방에선 상대하기 꺼려지는 자들이었다.

"얼마나 몰려왔느냐?"

"대충 봐도 백여 명은 족히 될 것 같습니다."

"백여 명?"

두진의 표정이 굳어졌다.

두진은 곧 문도들과 함께 정문으로 달려갔다.

밖으로 나가자 텁석부리에 큰 체구를 가진 사내가 앞으로 나섰다.

그를 본 두진은 낮게 숨을 내뱉었다.

"양두?"

"야, 양두? 주둥이를 확 찢어버릴라. 어디서 이름을 함부로 불러!"

양두가 얼굴 가득 짜증을 담아 소리쳤다.

넙대대한 얼굴에 가자미눈과 코와 입술이 모이자, 보는 것만으로도 사람을 질리게 하는 묘한 얼굴 형태가 됐다.

두진은 어이없는 눈이 됐다.

"역시 너는 세월이 지나도 변하질 않는구나. 이번엔 어떻게 두목이 된 거냐?"

두진은 양두를 비웃으면서도 뒤쪽에 누가 있는지 살피는 것을 잊지 않았다. 고수로 보이는 자는 없음을 확인한 후 검을 뽑았다.

그 모습을 빤히 쳐다보던 양두의 웃음이 더욱 짙어졌다.

"지미, 내가 그때와 똑같은 줄 알아? 애들아! 이 떨거지부터 죽이고 태양문을 접수하자!"

양두의 외침이 터지자 비호림 일당들이 일제히 두진을 향해 달려들었다.

"비겁한 놈!"

"비겁? 그게 뭔데? 큭큭."

양두는 두진을 향해 조소를 날렸다.

두진은 이를 악물며 검을 휘둘렀다.

태양문도들의 실력도 그리 뛰어난 편이 아니기에 시간이 흐르면 전멸할 수도 있었다.

"나는 양두 외엔 죽이지 않는다. 살고 싶은 자들은 막지 마라!"

두진이 힘껏 내공까지 실어 외쳤다.

그러나 움직이기 시작한 비호림의 무리에겐 위협이 아니라 겁먹은 소리로 들릴 뿐이었다. 그들은 달려드는 속도에 더욱 힘을 실었다.

"좋아, 그렇게 나온다면."

차창— 챙!

사방에서 병장기 부딪치는 소리가 가득했다.

혼란스러운 사이, 두진이 양두를 향해 달려갔다.

양두는 두진을 보곤 놀란 눈으로 뒷걸음질 쳤다.

두진이 훌쩍 뛰어올라 양두의 미간을 향해 검을 뿌렸다.

"뭐야, 썅!"

양두가 당황한 얼굴로 양옆에 잡히는 부하들을 두진을 향해 내던졌다.

두진은 두 명을 벤 후 곧장 양두를 찾았다.

양두는 이미 부하에 둘러싸여 몸을 피한 뒤였다.

"안에 더 있나?"

양두가 고갯짓으로 태양문 안을 가리켰다.

"안?"

두진이 의아한 표정으로 뒤를 돌아봤다.

양두의 부하 몇이 담을 넘고 있었다.

"안 돼! 안엔 문모님밖에 없다. 문도들은 속히 안으로 들어가 문모님을 보호해라!"

두진은 크게 외치며 가로막는 양두의 부하 몇을 베고 신법을 펼쳤다.

"됐다. 저자는 쫓지 말고 나와 있는 놈들만 조져."

부하들이 두진을 쫓아가려 하자 양두는 손을 들어 막았다. 무언가 조치를 취해 놓았는지 얼굴엔 웃음이 가득했다.

두진이 빠진 태양문의 문도들은 순식간에 비호림의 무리에게 덮여 죽어갔다.

"자, 마무리하고 안으로 들어가자."

양두는 입맛을 다시며 걸음을 옮겼다.

태양문 안으로 들어간 비호림의 무리는 비어 있는 전각을 지나쳐 곧장 중앙전각 옆으로 달려갔다. 그리고는 벽을 타고 넘어가 이 층 창문으로 들어갔다.

복도에는 모두 네 개의 방이 있었는데 무리는 그중 세 번째 방문을 들고 있던 무기로 부쉈다.

콰직!

문을 부순 무리의 눈에 아들을 품에 안은 한 여인이 들어왔다.

설미였다.

그녀의 눈엔 절망이 흐르고 있었다.

구마권에게 욕보인 지 얼마 지나지도 않아 또다시 같은 상황을 맞이하게 된 것이다.

"승아, 미안하다."

설미는 다가오는 산적들을 똑바로 쳐다보며 입술을 깨물었다. 그녀에게 닥친 상황은 너무도 가혹했다.

"문모님!"

아래쪽에서 두진의 목소리가 들렸다.

"아! 여, 여깁니다, 부문주님!"

설미의 눈에 희망이 떠올랐다.

두진이 그녀를 구하기 위해 온 것이다.

그러나 이상했다.

눈앞의 무리는 두진이 왔다는 것을 알았으면서도 조금도 겁먹은 눈치가 아니었다.

'부문주님을 막을 사람이 있다는 건가?'

설미는 일어나려다 다시 아들 허승을 안고 뒷벽에 몸을 기댔다.

"흐흐흐. 듣던 대로 좋구나."

"두목이 욕심낼 만해."

"우리 차례까지 안 올지도 모르는데 지금 해버릴까?"

"그러다 뒤에서 목 잘리고 싶냐?"

"쩝."

산발머리의 두 사내는 너무도 모욕적인 언사를 아무렇지

도 않게 하고 있었다.

"문모! 승아! 무사하냐?"

"숙부, 여기예요!"

설미의 품에 안겨 있던 허승이 밖을 향해 크게 소리쳤다.

설미는 허승의 입을 막았다.

뭔가 이상했다.

두진이 들어왔는데 싸우는 소리가 나질 않고 있었다.

목소리가 더 커졌다는 것은 가까이에 있다는 뜻인데 어째서 싸우는 소리도 안 나고, 눈앞의 짐승 같은 자들은 도망치거나 경계 태세조차 갖추지 않는가?

'이, 이럴 수가!'

설미는 그제야 상황을 인식하게 됐다.

적이 왔다는 보고에 두진은 전 문도를 데리고 밖으로 나갔다.

적어도 한둘은 남겨두어 설미와 허승을 보호하는 것이 상식인데 아무도 남지 않았었다.

'부문주가 배신을……'

설미는 몸을 부들부들 떨었다.

하나 남은 희망이 실제로는 진정한 절망이었다는 사실을 깨닫자 몸에 힘이 하나도 들어가지 않았다.

이윽고 두진이 모습을 드러냈다.

"문모님, 무사하십니까?"

두진이 무리 사이를 밀치며 방으로 들어섰다.

설미는 품에서 빠져나가려는 허승을 안고 뒤로 물러서려 했으나 벽이 그녀를 막았다.

"다, 당신이 어째서 이런 짓을."

설미는 떨리는 입술을 깨물며 두진을 노려봤다.

"아셨나?"

두진이 피식 웃으며 대답했다.

이런 상황에서 모른다면 그것이 더 이상한 일이었다.

설미를 놀리는 것이다.

"힘없는 놈이 할 수 있는 게 뭐가 있겠소? 그저 약간의 도움만 주면 된다니 그렇게 할 수밖에."

"도움?"

"일전에 도왔던 놈 있잖아. 그놈이 다시 오면 알려달라고 하더라구. 그렇게만 해주면 이곳을 준다는데 싫을 이유가 없 잖아? 자, 이제 선택해. 내게 오겠다면 살려주긴 하겠어."

"다, 당신은 인간도 아니야."

"승이를 생각해. 당신만 죽는 게 아니야."

두진이 설미의 품에 안긴 허승을 보며 안타까운 눈으로 고개를 가로저었다.

설미는 허승을 더욱 세게 끌어안으며 눈물을 흘렸다.

혼인을 하기 전엔 이런 삶을 살게 될 줄 몰랐다. 출중한 무공 실력을 가진 남편을 따라 문파를 일으키고 부흥시켜 편안한 일생을 살 줄 알았다.

그러나 강호는 그런 그녀의 환상을 모조리 깨뜨렸다.

군림회의 마인들에게 남편을 잃었고 은인의 도움으로 간신히 목숨을 건졌나 싶었더니 이젠 남편의 친구가 그녀를 죽이려 하고 있었다.

"이제 뭘 하면 됩니까?"

비호림 무리 중 한 명이 두진에게 물었다.

"예정대로 해야지. 아쉽지만 어쩌겠냐. 끌고 나가."

두진이 매정한 눈으로 일어섰다.

"자, 잠깐! 스, 승아는 살려주세요. 당신 친구의 아들이잖아요. 나는 죽어도 좋으니 승아만 살려주세요."

"나도 그러고 싶지. 허나 양두란 놈이 워낙 짐승 같은 놈이라 쉽지 않을 거야. 당신이나, 승아나."

"제가 당신에게 가겠다고 하면 승아는 살 수 있나요?"

"살지."

"그럼……."

설미는 잠시 대답을 멈췄다가 피 흐르는 입술을 열었다.

"더 이상 듣고 있을 수가 없군. 내 뒷골목에서 이놈 저놈 다 봤지만 너 같은 새끼는 첨 본다. 부인, 저런 놈들은 약속이란 걸 모르는 잡종 새끼들입니다."

복도 쪽에서 걸걸한 목소리가 들려왔다.

두진이 인상을 쓰며 뒤를 돌아봤고 비호림의 무리는 복도로 나가 누군지 알아내려 했다.

복도 끝에서 제법 덩치 좋은 인영 하나가 살짝 절뚝대며 다가오고 있었다.

"누구냐?"

무리 중 한 명이 바닥에 침을 뱉으며 손에 쥔 몽둥이를 들고 인영에게 다가갔다.

"니들 혼내줄 분이시다."

"이 새끼가 우리가 누군 줄 알고."

몽둥이를 든 사내가 인영을 향해 휘둘렀다.

퍽!

"끄륵……."

사내가 몽둥이를 떨어뜨리며 그 자리에서 거품을 물고 기절했다.

"놀랬냐? 나도 놀랬다."

농담처럼 말을 하며 인영의 모습이 드러났다.

무백과 함께 움직이던 흑광이었다.

흑광은 자신의 주먹을 보며 만족스러운 표정으로 웃었다. 사내가 달려들 때 무백에게 배운 대로 주먹을 뻗었을 뿐인데 손에 느껴지는 촉감이 너무 만족스러웠기 때문이다.

"더 안 와? 난 이제 자신이 생겼는데?"

흑광이 한쪽 입꼬리를 비틀며 웃었다.

"이런 미친 새끼! 다 달려들어!"

비호림의 무리 중 한 명이 선동하자 예닐곱 명의 무리가 일제히 흑광을 향해 달려들었다.

퍼버버벅!

흑광의 주먹이 눈부시게 좁은 공간을 누비며 무리의 몸을 가격하는 소리였다.

'그자가 아니잖아?'

두진은 나타난 흑광을 보고 이채를 발했다.

전에 나타나 구마권을 죽인 자가 아니었다.

두진이 검에 손을 가져갔다.

산적들 몇 놈 두들겨 패는 정도라면 죽일 자신이 있었기 때문이다.

"그건 빼지 않는 게 좋겠다."

"……!"

젊고 냉정한 목소리.

두진이 있는 방 안에서 들린 목소리였다.

두진의 고개가 천천히 돌아갔다.

방 안에 흑의를 입은 잘생긴 청년, 무백이 설미를 보호하며

서 있었다.

"다, 당신은⋯⋯."

두진은 끝까지 말을 하지 못했다.

그의 볼이 무백의 손에 쥐어진 까닭이다.

"짐승이 됐군."

'⋯⋯!'

두진은 무백의 싸늘한 눈을 보자 도망치고 싶어 몸부림치
려 했다.

허나 몸은 이미 그의 통제를 떠나 있었다.

우득!

무백은 두진의 늘어진 몸을 든 채 방을 나섰다.

뒤쪽에 설미와 허승이 보고 있다는 것을 알기에 일부러 시
체를 밖으로 가져온 것이다.

한쪽 벽에 아무렇게나 두진의 시체를 버린 후 흑광의 싸우
는 모습을 지켜봤다.

이곳까지 오는 동안 무백은 흑광의 다리를 치료해 준 것뿐
만 아니라 일권을 전수해 주었다.

흑광이 나이도 많고 다리도 절지만 그 나름의 유리한 점이
있을 거라 생각해 우측 발을 고정시켜 왼쪽 주먹에 모든 힘을
쏟을 수 있도록 만든 것이다.

반권(半拳).

신체의 절반을 사용하는 권이란 뜻에서 지어본 이름이었다.

"흑광, 아직 멀었나?"

무백의 말이 끝나자 갑자기 흑광의 움직임이 빨라졌다.

퍽!

흑광의 좌측에 있던 자가 붕 떠올라 우측 벽에 머리를 박고 나가떨어졌고 이어서 빠르게 쓰러지는 자들이 속출했다.

"죄송합니다, 주군."

흑광은 마지막으로 한 놈을 날려 버린 후 무백에게 다가와 허리를 숙였다.

"이리로 오게."

무백이 방으로 흑광을 불렀다.

흑광은 방 안에 있는 모자를 보고 눈을 동그랗게 떴다.

한 여인이 아들을 안은 채 멍한 눈으로 앉아 있었다.

"보호하고 있도록."

"목숨을 걸겠습니다."

"내가 부를 때까지 나오지 말고."

"예!"

무백의 목소리가 유난히 차갑다는 것을 알고 흑광은 최대한 빠르게 대답했다.

무백은 흑광의 대답을 듣자마자 자리에서 사라졌다.

"…아저씨, 누구세요?"

뒤돌아 있는 흑광에게 허승이 말을 걸었다.

그때까지 멍하니 있던 설미가 깜짝 놀라 허승의 입을 막으며 두려운 눈으로 흑광을 경계했다.

"부인, 이제 걱정할 것 없습니다. 이름이 뭐냐?"

흑광은 설미가 겁먹을까 봐 허승을 돌아보며 물었다.

"승, 허승."

"그래, 승아. 이젠 무서워할 것 없다."

"…정말로요?"

"그럼."

흑광은 자신 있게 웃으며 고개를 끄덕였다.

허승은 그런 흑광을 유심히 쳐다보다 고개를 좌우로 흔들었다.

"…안 믿어요."

"뭐?"

"다들 그렇게 말했어요. 아빠도, 숙부도. 하지만 언제나 엄마는 울었다고요. 다들 죽어 버렸으면 좋겠어요."

"승아!"

허승의 대답에 설미는 깜짝 놀라 쳐다봤다.

평상시엔 얌전하기만 하던 아이가 갑자기 그런 말을 하자 놀란 것이다.

"어지간히 실망한 모양이구나, 꼬맹이. 하지만 좀 더 확실히 해두자. 다들 죽었으면 좋겠다고? 내가 지금까지 살면서 한 가지 깨달은 게 있다. 복수는 남이 대신해 주는 게 아니라는 것."

"이, 이보세요!"

설미가 흑광의 냉정한 말에 눈을 부릅뜨며 흑광의 뺨을 때렸다.

철썩!

"엄마를 지키고 싶냐, 꼬맹이? 그럼 지킬 수 있을 정도로 강해져."

흑광의 목소리가 더욱 냉정하게 변했다.

설미는 질린 표정으로 흑광을 노려봤다.

"어, 어떻게요? 흐엉……. 키도 작고 힘도 약한데 어떻게 강해져요. 그럴 수 있다면 벌써 그렇게 했을 거라구요! 나도 강해지고 싶어요, 강해지고 싶다고요! 엉엉……."

"스, 승아."

설미가 재빨리 허승을 안았다.

일곱 살 꼬맹이의 진심이 담긴 외침에 설미도 주저앉아 같이 울었다.

"강해지겠다는 놈이 울기나 하고. 뚝 안 그쳐!"

흑광이 버럭 소리를 질렀다.

허승은 숨을 멈추고 눈에 힘을 주어 눈물이 나오지 않도록
하려 했다.

"그래, 그래야지. 부인, 승이는 자신이 강해져야 할 분명한
이유를 갖고 있네요."

"이유 따위……."

설미는 허승의 눈물을 닦아주며 슬픈 표정을 지었다.

용기란 것을 갖는다고 해결될 상황이 아님을 잘 아는 까닭
이다.

"승아, 이제 우리에겐 아무도 없단다."

설미의 목소리엔 힘이 하나도 담겨 있지 않았다.

곧이라도 죽을 사람처럼 애처롭기만 했다.

흑광은 그 목소리에 자신도 모르게 마음이 정해지고 말았
다.

이곳이 임촌이라면 대형이기에 지금 상황을 해결해 줄 방
법을 찾았겠지만, 지금은 그의 주군인 무백이 있었다.

'허락해 주시려나?'

긁적긁적.

흑광은 뺨을 긁었다.

아까 설미에게 맞은 뺨이 간지러웠다.

손이 매서운 여인이었다.

흑광은 그런 여인이 싫지 않았다.

아름다운 외모 때문이 아니라 간절함이 흑광의 심장에 닿았기 때문이다.

"방법이 전혀 없는 건 아니요."

결국 흑광은 입을 열고 말았다.

第五章 암계

양두는 중앙전각에서 나오는 무백을 보고 인상을 찌푸렸다. 가뜩이나 못생긴 얼굴이 무백의 등장으로 더욱 비교됐기 때문이다.

"저 안에서 나오는 거냐?"

무백은 양두의 질문을 무시했다.

"뭐야, 저거? 내가 묻잖아. 저기서 나오는 거냐고!"

"이곳은 내게 매우 특별한 곳이다."

무백은 비호림의 무리를 둘러보며 담담하게 말했다.

은연중에 풍기는 기도로 인해 사위가 조용해졌다.

비호림의 무리는 다가오지 못하고 주춤 뒤로 물러섰다. 다가가선 안 될 것 같은 느낌이 든 것이다.

'혹시 그 양반이 어떻게 된 거 아니야?'

양두는 두진을 떠올렸다.

일이 끝나면 알아서 신호를 보내주기로 했는데 두진에게선 아무 연락도 없었다. 뭔가 이상하다 여겨 들어가려는데 무백이 나타났다.

"혹시 저 안에 두진이란 자가 있느냐?"

무백은 대답하지 않았다.

"내가 많은 걸 물어봤냐! 저 안에 두진이 있는지만 말해달라고!"

양두가 버럭 소리를 질렀다.

무백은 여전히 양두를 응시한 채 입을 열지 않았다.

묘하게 무거워지는 분위기.

그것이 무백이 일으킨 기세 때문이란 것을 이 중에 알아차리는 자는 한 명도 없었다.

"잠깐! 그들과 한패… 요?"

"그들?"

무백이 처음으로 반응을 보였다.

양두는 분명 그들이라고 했다.

두진만이 아니라 그 뒤에 또 누가 있는 것이다.

"그들… 모르세… 요? 전에 여기서 구마권을 죽인… 젊은 분… 찾는다고……."

양두는 두진에게 들었던 얘기를 떠올리다 무백의 나이와 범상치 않은 분위기를 느끼고 말을 조심했다.

특이한 무복은 입지 않았지만 잘생겼다는 것과 구마권, 추광을 죽일 정도로 강하다는 얘기엔 거의 근접한 것 같았다.

"혹시 무영신권… 이세요?"

"무영신권? 그 이름은 모르지만 구마권이라고 했던 건 기억나는 것 같다."

'힉! 사, 사신을 건드릴 뻔했구나!'

양두는 등골이 오싹해지며 식은땀을 비 오듯 흘렸다.

구마권은커녕 추광의 일초지적도 되기 힘든 그에게 무영신권이란 말도 안 되는 고수가 눈앞에 나타난 것이다.

현실은 진정 가혹했다.

"저, 저흰 사실 두, 두진이 시켜서… 그, 그냥 가, 가게 해주시면 안 될까요?"

양두는 그 자리에서 무릎을 꿇고 애원했다.

비호림의 무리는 갑작스런 양두의 행동을 의아한 눈으로 쳐다봤다. 상대는 한 명인데 왜 저런 비굴한 자세를 자청하는지 이해하지 못하는 것이다.

"그들이 누구지?"

"예?"

"그들. 네가 말한 그들이 누구냐고."

"그걸 말하면 우린 살려주시는 겁니까?"

양두는 최대한 빠르게 머리를 회전시켰다.

직접 경험하진 못했지만 무백이 구마권을 죽였다면 감히 시험 따윈 생각할 필요도 없었다. 덤비는 즉시 그의 몸은 이승을 떠날 테니까.

"오늘 이후로 눈에 띄지 않는다면."

"무, 물론입니다! 저희 비호림은 앞으로 다시는 무영신권이 계시는 하서회랑의 땅을 밟지 않겠습니다! 그, 그들은 군림회 사람들이라고 했습니다. 두진, 그 양반이 한 말이니 틀림없을 겁니다."

"군림회?"

"그들이 아니고선 이런 일은 꿈도 못 꿉니다."

'이번에도 그곳인가?'

무백이 고개를 끄덕였다.

구마권과 추광이 죽은 것을 알고 군림회에서 태양문을 감시했던 모양이다.

"이곳에서 가까운 군림회의 지부 같은 곳이 어디지?"

"…예?"

양두는 무백의 질문을 순간적으로 이해하지 못했다.

"그들에게 연락하려면 지부를 통해서 하는 것 외에 다른 방법이 있나?"

"아! 그야 당연히 합작(合作)에 있는 철혈단으로 사람을 보내죠. 그곳에 철혈마군 범격이 있으니까요. 군림회 합작지부라고 생각하시면 정확합니다."

"철혈마군 범격. 알았다."

무백은 말을 끝내고 양두를 응시했다.

안 가고 뭐하고 있느냐는 눈빛이었다.

'이 사람, 철혈문이라고 하는데도 전혀 놀라지 않는다. 설마 혼자 가기라도… 하려나?'

양두는 말도 안 되는 상황을 떠올렸으나, 무영신권이라면 가능할지도 모른다는 생각을 했다. 조금 전에 만났을 뿐인데 얘기 몇 마디에 그를 옴짝달싹 못하게 만드는 실력이라면 말이다.

철혈문에 가려느냐고 묻고 싶었지만 그랬다가는 이곳에 뼈를 묻어야 할지도 모르기에 이내 빠르게 돌아섰다.

떠나는 비호림의 무리를 지켜보던 무백은 잠시 고심했다. 투덜거리는 몇몇이 힐끔힐끔 무백을 돌아보며 적의를 드러냈기 때문이다.

이대로 보내면 다시 올 것이 뻔했다.

"잠깐."

무백이 양두를 불러 세웠다.

양두는 어깨를 잔뜩 움츠리며 돌아보지 못하고 눈동자를 쉴 새 없이 좌우로 굴렸다.

"두목, 그냥 칩시다. 저런 애송이에게 겁먹었다는 소문이 나면 비호림은 끝장이에… 윽!"

"닥쳐! 다시 한 번 주둥아리 놀렸다간 다시는 말을 하지 못하게 혀를 뽑아버릴 테니까."

양두는 음침하게 말을 건 부하의 입을 힘차게 때린 뒤 돌아서서 그가 지을 수 있는 최고의 비열한 웃음을 지었다.

"무슨 일이십니까, 대협?"

"남의 마당을 어질렀으면 정리는 해놓고 가야지. 태양문의 문도들 시체를 가져가서 양지바른 곳에 묻어줘라."

"무, 물론입니다. 안 그래도 가면서 그렇게 하려고 했습니다."

양두는 빠르게 대답하곤 서둘러 부하들에게 지시를 내렸다.

부하들은 불만 가득한 표정이 됐으나 양두가 저렇게 비굴하게 굴 때는 그만한 이유가 있음을 알기에 투덜대며 시체들을 메기 시작했다.

"어? 또 왜 나왔지?"

누군가 태양문 입구를 보며 짜증스럽게 말했다.

양두는 화들짝 놀라 뒤를 돌아봤다.

무백이 입구까지 나와 있었다.

"빠, 빨리 치워! 이것들이 굼벵이를 통째로 삼켰나 왜 이렇게 꾸물거려! 헤헤, 헤헤헤."

부하들에게 고래고래 소리친 양두가 무백을 향해 허리를 굽실거렸다.

이인일조로 시체를 멘 비호림의 무리는 곧 자리를 하나둘씩 뜨기 시작했다.

콰쾅!

"흐익!"

갑작스런 굉음에 양두는 자라목이 되어 뒤를 돌아봤다.

무백이 갑자기 땅에 구멍을 내고 있었다.

가볍게 주먹을 쥐었다가 밀어내는 것뿐인데 땅이 요동치며 웅덩이가 만들어졌다.

그제야 불만 많던 비호림의 무리는 양두가 왜 그렇게 비굴하게 굴었는지 이해를 하고는 걸음을 서둘렀다.

"역시 무영신권이었어."

양두는 얼어붙은 다리를 억지로 떼어내며 순식간에 비호림의 무리와 함께 자취를 감췄다.

일이 이상하게 흘렀지만 장원은 이제 비었다.

고민이 한 가지 줄었으나 다른 고민도 생겼다.

"흑광이 알아서 하겠지."

설미 모자에 대한 것을 흑광에게 넘기기로 결정하자 마음이 편해진 무백이었다.

중앙전각뿐만 아니라 태양문 전체가 텅 비었다.

흑광이 설미와 허승을 데리고 전각 앞마당으로 나와 있었다.

"오랜만입니다, 부인."

무백이 먼저 포권을 취하려 할 때, 설미와 허승이 절을 올렸다.

"은인, 두 번이나 대은(大恩)을 입었습니다. 저희 모자를 거두어 주십시오."

"……?"

무백은 갑작스런 상황에 흑광을 돌아봤다.

흑광은 이런 일이 일어날 줄 상상도 하지 못했다는 표정을 지었다.

"흑광, 부인을 일으켜 드리게."

"안 됩니다. 은인께서 거두어주지 않으실 바엔 차라리 저희 모자를 죽여 주십시오."

설미는 이를 악물었다.

두 번이나 목숨을 살려준 은인에게 이런 식으로 대하는 것이 얼마나 큰 결례인 줄 모를 리 없는 그녀였다.

그럴 수밖에 없었다.

하나뿐인 아들, 허승을 살리기 위해선 이 수밖엔 없었다.

"주군, 한 말씀 드려도 되겠습니까?"

"뭐지, 흑광?"

"임촌에서 애들을 데려올 때까지 이곳을 파악하도록 도와
줄 사람이 필요합니다."

"임촌?"

"이곳엔 사람이 필요합니다. 모자란 놈들이지만 주군께서
시키는 일은 뭐든 할 놈들입니다. 제게 맡겨 주십시오. 이 모
자도……."

흑광은 슬며시 말을 흐렸다.

무백은 흑광과 모자를 바라봤다.

"부인, 지금 무슨 말씀을 하셨는지 아십니까?"

무백이 신중한 어조로 물었다.

"잘 알고 있습니다."

"다시 한 번……."

"생각은 지금까지 한 것만으로도 족합니다. 앞으론 은인을
주인으로 모시겠습니다. 승아, 앞으로 네가 모셔야 할 주인이
시다."

설미는 허승의 머리를 양손으로 쥐고 숙이게 했다.

"흑광, 자네 생각은?"

"주군께서 받아 주셨으면 합니다. 다른 곳에 간다고 해도 이곳에 있는 것보다 안전하지 않습니다. 무엇보다 현재, 이곳에 가장 필요한 사람들이기도 합니다."

흑광의 말은 조금도 틀리지 않았다.

"흑광이 책임지도록."

"예."

흑광은 기다렸다는 듯이 대답했다.

설미는 안도의 숨을 내쉬었고 허승은 흑광을 향해 해맑은 웃음을 지었다. 그 모습에 흑광은 인상을 쓰며 고개를 흔들었다.

세 사람이 미리 입을 맞췄다는 걸 무백이 알게 되면 곤란해지는 사람은 흑광이기 때문이다.

"방부터 정할까요?"

무백은 모른 척 입을 열었다.

"예."

설미는 자리에서 일어나 양손을 앞으로 모으고 허승과 함께 앞장섰다.

무백과 흑광은 모자가 방 안으로 들어가는 것을 확인한 후 장원을 둘러보기 시작했다.

관리가 소홀했는지 담 곳곳이 무너져 있었고 잡초가 무성한 전각도 보였다.

"주군, 건물 자체가 오래됐습니다. 새로 짓는 건… 안 될 테니 잘 복구할 사람을 데려와야겠네요."

흑광은 새로 짓자고 말을 하려다 무백의 표정이 굳는 걸 보고 재빨리 말을 바꿨다.

"예전의 모습으로 만들어 보세요."

"예."

"얼마나 들지 생각해 보고 알려주세요."

"예? 돈 말입니까?"

"새로 지으려면 필요하지 않나요?"

무백은 당연한 말을 왜 묻느냐는 듯 흑광을 쳐다봤다.

"돈이… 있으십니까, 주군?"

"얼마가 필요한지만 알려주세요."

'돈이 있으시구나!'

흑광은 깜짝 놀라 눈을 크게 떴다. 사실 무백이 돈을 줄 것이란 생각 자체를 하지 않았다. 돈과는 거리가 먼 사람으로 여겼기 때문이다.

흑광의 표정이 밝아지며 발걸음이 빨라졌다.

무백은 흑광이 왜 갑자기 부지런하게 움직이는지 이유를 몰랐으나 적극적으로 변한 모습이 보기 좋았다.

"저곳은⋯⋯."

무백이 막 다른 곳으로 움직이려 할 때, 잡초가 완전히 감싼 헛간 같은 곳이 눈에 들어왔다.

"방치한 걸 보면 중요한 것을 보관하던 곳은 아닐 것 같습니다. 가 보시겠습니까?"

흑광이 앞장서 문을 열었다.

한동안 들어와 본 적도 없는지 나무로 짠 문이 비명을 질렀다.

"콜록콜록⋯ 주군, 잠시만 계십시오. 어이쿠, 이 먼지⋯ 앞이 보이질 않네. 콜록콜록⋯⋯."

먼저 들어간 흑광이 기침을 해대며 밖으로 튀어나왔다.

무백은 넝쿨에 가려진 편액을 올려다보고 있었다.

"⋯위패. 조사의 위패를 모시던 곳인 것 같네요."

무백은 흑광이 따라 들어오려 하자 손을 들어 밖에 있도록 하곤 안으로 들어갔다.

거미줄과 흑광이 뛰어나오면 만든 먼지가 뒤섞여 앞이 뿌옇다. 어둠과 무관하게 사물을 볼 수 있는 무백이기에 내부를 찬찬히 둘러볼 수 있었다.

좌우로 단이 만들어져 있었으나 그 위엔 아무것도 없었다. 오직 중앙의 단에 세 개의 위패가 덩그러니 놓여 있었다.

'강문혁, 강준구, 강만호. 형님의 이름은 없구나. 그 이전

것이려나?

위패를 모셔놓은 조사전이라고 하기엔 말이 안 되는 장소
였다.

무백은 좀 더 자세히 내부를 살펴보았다.

동으로 만든 향로엔 향을 피운 흔적이 없었다.

한 번도 향을 피우지 않았다는 것은 옮겨 놓았다는 것을 뜻
했다.

"주군, 괜찮으십니까?"

한참동안 나오지 않자 흑광이 걱정됐던 모양이다.

무백은 위패를 들고 밖으로 나갔다.

"주군, 그게 뭡니까?"

"위패."

"위패요?"

"강 씨 성이 적힌 걸 보니 아주 오랫동안 이곳에 방치되어
있었던 것 같다."

무백의 목소리가 쓸쓸해졌다.

흑광으로선 당연히 의아해질 수밖에 없었다.

"어찌하시려고 갖고 나오셨습니까?"

"원래 위치에 갖다 놓아야지."

"원래 위치요?"

"대전."

무백은 위패를 품에 안고서 대전으로 발길을 돌렸다.

그 뒤를 의혹 어린 흑광의 시선이 뒤따랐다.

'대전? 이곳의 주인이 내가 생각하는 사람이 아닌가? 주군께서 지나치게 상심한 표정을 지으시네?'

흑광은 임촌에서 도둑할배의 얘길 듣다 격정에 찼던 무백을 봤다. 그때 이후로 강가장의 주인이 턱이란 것을 확신하고 있었다.

그러다 무백의 상심한 표정을 보니 고개가 절로 갸웃거려진 것이다.

'내 생각이 뭐가 중요하냐고.'

흑광은 잠시 주제넘은 생각을 한 자신의 머리를 한 대 쥐어박고는 무백의 뒤를 따라갔다.

*   *   *

실핏줄이 드러날 정도로 창백한 비각주 목하진의 손에 두 장의 서찰이 들려 있었다.

"이것 봐라?"

목하진은 요요와 독웅이 보낸 서찰을 들고 흥미로운 표정을 지었다.

"상황이 좋지 않습니까?"

강철을 두른 것처럼 구릿빛 몸의 사내가 물었다.

눈빛은 형형했고 굵고 거친 목소리엔 오랜 연륜이 자연스럽게 묻어났다.

"그다지 좋지 않아, 반야."

목하진은 쓴웃음을 지었다.

반야라 불린 사내의 눈이 반짝였다.

목하진에게서 좋지 않다는 말이 나올 줄은 생각지도 못한 까닭이다.

반야금강(般若金剛).

비각 십대고수 중 일인이며 무공만 따지면 능히 열 명 중 최강이라 불리는 자였다.

"한번 보겠어, 반야?"

"제가 봐도 됩니까?"

"그러니 보여주지. 봐."

목하진이 서찰 두 장을 반야에게 건넸다.

반야는 빠르게 서찰을 읽어가다 미간을 찌푸렸다.

"요요는 비각 십대고수 중 다섯을 보내달라고 하고, 독웅은 셋을 추가로 보내달라? 흥미롭군요, 각주님."

"그래, 흥미로워. 요요가 진벽군이 아닌 십대고수 다섯을 보내달라고 한 것도 흥미롭고, 독웅이 지원군 셋에 요요를 넣은 것도 흥미로워."

그러나 말과 달리 목하진의 얼굴은 크게 흥미로워하는 표정이 아니었다.

"비각 십대고수 중 다섯을 보내달라고 할 정도의 고수가 금가장에 있다는 뜻일까요?"

"아니지. 그 정도는 돼야 싸울 수 있겠다고 하는 거야. 놀랍지 않아? 비각 십대고수를 다섯이나 보내줘야 할 정도로 강한 문파가 갑자기 나타난 거야."

"보내실 겁니까?"

"아니."

"예?"

"다섯을 보냈다가 군림회에서 알아차리기라도 하면 내 입장이 곤란해. 위에선 알아서 일처리 잘하고 있는 줄 알아야 하거든."

"그럼……."

"치사한 것들이 한 번도 그 무공을 사용하지 않았던 거야."

비각에서 금가장을 조사하기 시작한 것은 이 년도 채 되지 않았다.

금지된 무공이 어디로 이어졌는지 쫓다가 천군상을 발견했고 그곳을 지키는 수호가문이 금가장이었다.

보고에 의하면 소장주란 자가 수련하는 무공이 미륵삼불해와 비슷하다고 했다. 그럼에도 조치를 취할 수 없었던 것이, 소장주의 무공이 비각에서 신경 써야 할 정도로 강하지 못했기 때문이다.

그렇게 관심이 사라지려 할 즈음 금가장 중앙전각에서 커다란 굉음이 터졌다는 보고를 받은 것이다.

잠우와 진벽군 셋에 이어 요요까지 성공하지 못한 것을 보면 금가장은 금지된 무공인 미륵삼불해를 익힌 것이 틀림없었다.

"요요야 그렇다 치고, 독웅은 뭘 발견했을까?"

목하진의 얇은 목소리가 날카롭게 변했다.

"같은 곳에 보낸 것 아닙니까?"

"맡긴 임무는 달라."

"독웅에겐 그럼······."

"잠우의 흔적을 쫓으라고 했지. 헌데 요요는 실패했고 독웅은 충원을 요청했다. 그것도 둘 다 십대고수를 지명해서 말이야."

목하진의 얇은 목소리가 더욱 얇아졌다.

신경질이 난 것이다.

반야 역시 금지된 무공과 관련된 일을 수도 없이 맡아왔다. 허나 진벽군 한둘이면 충분했던 일들이었다. 이번처럼 비각 십대고수에 속한 고수가 같은 급으로 충원을 해달라는 요청은 처음이었다.

"제가 가 보겠습니다."

"요요와 독웅이 해결 못한 일을 너 혼자서 어떻게 하려고? 방법을 바꿔야겠다. 너는 다른 곳을 좀 다녀와야겠다."

"어딜 말씀이십니까?"

"군림회 지부."

목하진이 의미심장한 웃음을 지으며 반야를 돌아봤다.

당연히 반야는 어리둥절한 표정이 될 수밖에 없었다.

"군림회 지부를… 없애라는 말씀이십니까?"

"아니지!"

목하진은 혀를 차며 반야를 쳐다봤다.

"손 안 대고 코를 풀자. 금지된 무공을 익힌 놈들을 찾아내서 군림회에 알려주는 거야. 그럼 우린 지켜보기만 하면 되지."

"각주님, 금지된 무공에 관한 일은 비각에서 처리하지 않았습니까?"

"그랬지."

"허면 군림회를 끌어들인다는 말씀은……."

"우리가 관리하던 자들은 싹들이었지 꽃까지 피운 나무가 아니란 말이지. 인원은 쥐꼬리만큼 주고 일곱 군데를 어떻게 관리하라고? 봐봐, 이번 금가장만 해도 미리 알았으면 막을 수 있었다고. 이젠 일이 커졌으니 위에서도 나 몰라라 하지

못해. 최근 금지된 무공을 익힌 자가 나타난 곳은 두 곳. 난주
와 천양이지. 난주에선 놈을 무영신권이라고 부르는 모양이
더라구. 공교롭지 않아? 금지된 무공을 익힌 자가 한 명도 아
니고 동시에 두 명이나 나타난 것이 말이야. 그래서 둘 중 한
곳은 아한선생(我恨先生)에게 맡기기로 했다."

"아한… 아한선생!"

반야의 눈이 휘둥그레졌다.

아한선생이란 별호가 가진 무게는 결코 가볍지 않았다.

"그래, 그 아한선생. 살아 있는 인간을 강시로 만드는 취미
를 가진 놈이라지? 한 번쯤 보고 싶긴 하더라구. 물론 안 보면
더 좋고."

목하진은 말을 마치고 히죽 웃었다.

'잘못되면 와룡문과 군림회의 전면전이 될 수도 있는 일을
아무렇지도 않게 결행한다. 더구나 이미 오래전에 만들어놓
은 작전처럼 대응이 빠르다.'

반야는 목하진을 걱정스런 눈으로 쳐다봤다.

성격적 결함이 있는 거야 알고 있었지만 자파와 적의 구분
도 없이 자기가 가진 힘만 지키려 할 줄은 몰랐던 것이다.

"…렇게 되도 좋고, 해결이 되도 좋고. 곧 어디로 가야 할
지 알려줄 테니 기다리고 있으라고, 반야."

목하진은 반야의 걱정을 알기나 하는지 자신만의 생각에

빠져들었다.

*　　　*　　　*

합작에 문을 연 지 삼 년째로 접어든 상아루(象牙樓)는 사람들로 가득했다.

주루의 영업방침은 아주 간단했다.

주루는 다른 것 필요 없고 맛있는 요리와 근방에서 볼 수 없는 미인들을 데리고 있으면 된다. 소문을 듣고 돈 있는 자들이 저절로 찾아오기 때문이다.

루주의 영업방침은 성공적이었고 삼 년 만에 근방의 손님들을 모조리 끌어들였다.

"공자님, 오늘은 무슨 재미난 놀이를 할까요?"

흘러내린 옷 때문에 어깨가 반쯤 드러난 기녀가 자신의 무릎을 베고 있는 사내에게 술잔을 건넸다.

사내는 말끔한 외모였으나 찢어진 눈매와 살짝 올라간 입꼬리 때문에 거만해 보이는 이십 대 청년이었다.

"니들하고 뒹구는 것 말고 여기서 무슨 재미가 있겠냐."

청년의 목소리는 나른했다.

"일이 있어서 오셨다면서요?"

"일? 후후. 당분간 니들과 뒹구는 것이 일이다."

"어머, 그런 일도 있어요?"

"있지."

청년은 기녀의 반문에 조소를 머금었다.

사부가 시킨 일을 제대로 하지 못해 이런 촌구석으로 쫓겨난 것이 떠오른 것이다.

'고작 시체나 걷어 오라니. 제길.'

청년은 벌써 몇 년째 시체 수거를 하는지 몰랐다.

군림회의 아한선생을 모르는 마도인은 아무도 없었다. 그런 사람의 제자라면 좀 더 고차원적인 일을 해도 괜찮지 않은가 말이다.

아한선생의 제자가 됐을 때만 해도 주위의 부러움을 한 몸에 받은 그였으나, 지금은 무척 후회됐다.

강해지기 위해, 군림회의 총본으로 가기 위해 아한선생의 제자가 됐건만, 그는 청년에게 무공이나 강시제조법에 대해선 한마디도 해주지 않았다.

처음엔 위로 사형들이 많아서 그러려니 했으나, 몇 년이 지나도 상황은 나아지지 않았다.

'나, 익제붕은 그런 일을 할 사람이 아니라고!'

익제붕은 속으로 외쳤는데도 열이 뻗쳐 일어났다.

"무, 무슨 일이세요, 공자님?"

기녀가 익제붕의 갑작스런 행동에 놀라 다가왔다.

익제붕은 기녀를 보지 않고 문밖을 돌아봤다.

발자국 소리가 부산스럽게 들렸다.

"오늘은 다른 날보다 일찍 방이 차겠구나."

"공자님이 그걸 어떻게 아세요?"

기녀는 익제붕의 말에 눈을 동그랗게 뜨고 쳐다봤다.

안 그래도 의부(義父)로 모시고 있는 주루주인에게 들은 얘기가 있었기 때문이다.

"후후. 본 공자는 누워서도 천 리 밖을 모두 살필 수 있다."

"어떻게요?"

"고수니까."

익제붕이 장난스럽게 대답했다.

촉촉이 젖은 눈동자가 기녀의 눈에 닿는 순간 기녀는 자신도 모르게 청년의 품에 안겼다.

청년은 기녀의 반응에 만족스러운 웃음을 지었다.

기녀가 청년의 찢어진 눈매를 오랫동안 볼 자신이 없어 그리한 것임을 모르는 까닭이다.

"하여간 여자들이란."

청년은 나름 자연스러운 동작으로 기녀의 옷고름을 풀었다.

"그렇게 세다며?"

'음?'

기녀의 옷고름을 풀던 익제붕이 손을 멈추고 옆방에서 들려온 소리에 귀를 기울였다.

이 근방에서 세다는 소리는 철혈마군 범격 외에 들을 만한 사람이 없기 때문이다.

"에이, 소문이야 과장되기 마련이잖아. 너무 부풀리지 말라고."

"부풀렸다고? 그자가 구마권을 죽인 자라잖아?"

"알지. 그래도 구마권 정도로 세다고 하는 건 우습지."

'구마권?'

익제붕은 낯익은 이름에 기녀를 밀어내고 옆방을 돌아봤다.

"죽인 자의 나이가 어느 정도 되는지 아나?"

"나이?"

"겨우 스물 남짓이라고 하더라구. 그게 말이 돼? 약관에 구마권을 죽인 거야."

'약관? 약관에 구마권을 죽인 자가 이곳에 있다고?'

익제붕은 옆방의 대화에 완전히 몰입해 있었다.

구마권을 죽인 애송이를 그가 처리할 수 있다면 시체 수거에선 이제 벗어날 수도 있을 것 같았기 때문이다.

"넌 저 옆방에서 하는 얘기에 대해 들은 적 있느냐?"

익제붕이 기녀에게 물었다.

기녀는 익제붕의 질문을 이해할 수 없어 어리둥절한 표정으로 쳐다만 봤다.

　"구마권을 죽인 자가 누군지 아느냐?"

　"아! 알죠, 어느 날 갑자기 나타나서 태양문을 위기에서 구해준 기남아. 근방에선 아주 소문이 자자해요."

　"그가 누구지?"

　익제붕의 눈에 질투가 강하게 드러났다.

　"무영신권이라고만 알고 있어요."

　"무영신권?"

　"예. 엄청 잘생… 겼다는 소문도 있고……."

　기녀는 슬그머니 말을 흐렸다.

　"구마권 정도 이긴 걸로 그렇게 유명해졌다고? 후후."

　익제붕은 일부러 비웃음을 흘렸다.

　"구마권이란 사람, 센 거 아녀요?"

　"세지. 하지만 나는 더 세지."

　"어머, 어머."

　기녀는 익제붕의 대답에 손으로 입을 막으며 쳐다봤다.

　구마권보다 더 세다고 스스로 말하는 사람을 처음 봤기 때문이다.

　"그자 하나 죽인 걸로 무영신권? 홍. 장난하나."

　"대단한 거 아니에요?"

"내가 있는 곳에선 그다지."

구마권은 사파에서 꽤나 유명한 자였다.

익제붕이 전력을 다한다면 동수나 약간 우세할 수 있을까?
일단 뱉은 말이 있으니 강해야 했다.

"공자님, 잠시만 기다려 주시겠어요? 제가 몰래 숨겨둔 좋
은 술이 있는데."

"술? 내가 언제 술을 마다한 적이 있느냐."

"호호호. 잠시만요."

기녀는 자리에서 일어나 옷고름을 매만지곤 쪼르르 방을
나섰다.

잠시 후, 방문이 열리며 기녀가 빈손으로 들어섰다.

"술은?"

"공자님, 제가 술을 가지러 갔는데요, 그게, 의부께서 공자
님을 뵙겠다고 하셔서… 불러도 될까요?"

기녀가 조심스럽게 방문을 돌아봤다.

"귀찮아."

"의부님, 들어오세요."

익제붕이 거절을 했음에도 기녀는 의부란 자를 데리고 들
어왔다.

익제붕의 표정이 좋지 않게 변했다.

들어온 자는 쇠구슬 세 개로 이루어진 것처럼 동글동글한

자였다.

"고, 공자님, 제가 미처 알아 뵙질 못해 송구합니다."

'뭐야, 이 뚱땡이는?'

익제붕은 깍듯한 주루주인의 태도에 굳었던 안색을 풀었
다. 굽실거리며 다가오는 주인의 얼굴이 겁으로 가득했다.

"어디에 몸담고 계시는지 알려주시면 최선을 다해……."

"왜, 와룡문에다가 알리기라도 하게?"

"와, 와룡문!"

주루주인은 익제붕의 냉랭한 반문에 입을 쩍 벌렸다.

'군림회구나!'

굳이 머리를 쓸 것도 없이 세 글자가 주인의 머릿속에 박혔
다.

"그, 그럴 리가 있습니까? 단지, 고, 공자님 같은 고수가 저
희 주루에 계셨다는 걸 아, 알리고 싶어서 그렇습니다요. 그
러니 성함이라도……."

주루주인이 기대에 찬 눈으로 익제붕을 바라봤다.

주루주인에게 이름을 알려주는 것이야 문제될 것 없었다.
허나 익제붕이란 이름을 주루주인이 알 턱이 없잖은가?

뭔가 멋진 모습을 보여야 하는 상황이었다.

"무영신권? 그자가 어디 있는지 아느냐?"

익제붕은 말을 해놓고 나서 자신의 웅변에 깜짝 놀랐다.

무영신권이란 자를 처리하면 그의 이름도 올라가고 사부로부터 인정도 받게 될 거란 생각을 해버린 것이다.

"서, 설마 공자께서 무영신권을 잡으시려고……."

"같은 사파인으로서 구마권이 당했다는데 모른 척 지나칠 순 없지."

익제붕이 아무렇지도 않게 말하며 술잔을 입에 털어 넣었다.

'생각해 보니 괜찮은데? 무영신권이라.'

익제붕의 입가에 미소가 피어났다.

그러나 익제붕보다 더욱 짙은 미소를 앞에 둔 남녀가 짓고 있었다.

익제붕은 자신이 이용당했다는 생각을 할 수 없을 것이다. 두 남녀의 교묘한 화술은 일이 년에 완성된 것이 아니었다.

와룡문의 외단에 소속된 상아루에서 일어난 일이었다.

그 뒤로도 한동안 익제붕은 두 남녀의 접대에 정신 못 차리고 취해갔다.

새벽.

철혈마군 범격이 주인으로 있는 철혈문 좌측 담장으로부터 무언가 떨어져 내렸다.

쿵.

"누구냐!"

철혈문도가 크게 소리치며 소리가 난 곳으로 달려갔다.

풀숲 사이로 무언가 떨어져 있었고 그것을 막 들어 올렸을 때, 사내는 기함을 질러야 했다.

"크, 큰일… 무, 문주님!"

자신이 낼 수 있는 최대한의 큰 소리를 낸 위사는 다른 동료들을 불러 떨어진 물체를 가리켰다.

그곳으로 범격이 온 것은 불과 일각도 되지 않아서였다.

"익… 제붕?"

거칠게 난 구레나룻으로 인해 각진 턱을 가렸지만 강렬함이 전신에 서려 있는 오십 대 중년인 범격의 입에서 신음소리가 흘러나왔다.

아한선생이 자신의 애제자를 보내니 한동안 잘 보살펴 달라고 했다.

"이 녀석이 언제 나갔었느냐?"

"이틀 동안 거처엔 오지 않았습니다."

"어디서 지냈느냐?"

"상아루에서 본 적이 있다고 들었습니다."

"상아루?"

"예."

범격은 잠시 인상을 쓴 채로 고심에 잠겼다.

뒤쥐를 연상케 하는 얼굴형의 노인이 졸음 가득한 표정으로 슬그머니 앞으로 나오더니 익제붕의 시체를 이리저리 건드려 보기 시작했다.

"주군, 권에 의해 가슴과 등뼈가 부러졌습니다. 이상한 것은, 얼굴이 멀쩡하군요."

"육 총관, 얼굴이 어떻다는 거요?"

범격의 목소리에 짜증이 배어나왔다.

얼마 후에 있을 아한선생의 추궁이 걱정되는 그에게 총관이란 자가 얼굴에 대해 말을 하고 있으니 짜증이 나지 않을 수 없는 것이다.

"아한선생의 제자를 죽일 정도로 팼으면서 얼굴은 건드리지도 않았다? 이상하지 않습니까?"

"일단 시체를 옮기고 썩지 않게 보관해라. 육 총관, 지금 그런 걸 따질 때요?"

"아한선생에게 뭐라 말씀하실 생각이십니까?"

"그야 솔직하게……."

"상아루로 사람을 보내시지요. 그곳을 눌러보면 뭔가 튀어나올 겁니다. 아무 상관 없는 애송이 하나 때문에 곤란해지시면 안 되잖습니까?"

"상아루?"

"예."

"그 일은 육 총관이 맡아서 처리하시오."

"맡겨만 주십시오."

육 총관의 작은 입에 미소가 얹혀졌다.

육 총관이 상아루로 찾아온 것은 아침이 되기 전이었다.

주루로 들이닥친 그는 주인과 기녀, 점소이까지 한 명도 빠짐없이 일 층으로 끌어내렸다.

"익제붕. 이 이름을 들어본 사람?"

주루 안은 조용했다.

"다시 묻는다. 이 말이 끝날 때까지 함구하고 있는 자는 혀를 뽑아낼 것이야."

육 총관이 잔인한 웃음을 지었다.

그에 대해 잘 아는 사람이라면 저 말이 끝나기 전에 아는 것을 모두 불어야 한다.

"초, 총관님! 잠시만 기다려 주십시오. 란아, 어서 말씀드려!"

주인이 한쪽에 웅크리고 있는 란이를 불러냈다.

란이는 자신의 이름이 호명되자 기겁을 하며 숨으려 했다. 허나 이미 철혈문의 문도가 그녀에게 다가가 팔을 잡아끌고 있었다.

"으악! 사, 살려주세요!"

"예쁘장하네? 익 공자 취향이 너였구나?"

육 총관이 란이의 볼을 쓰다듬었다.

란이는 소름이 쫙 끼치는 것을 느껴야 했다.

"이, 익 공자님께서 오, 오시긴 하셨습니다."

"언제?"

"그, 그제도… 어, 어제도 저와… 하, 함께……."

"이년 혀 잘라."

란이의 말이 끝나기도 전에 육 총관이 아무렇지도 않게 명령을 내렸다.

"으악! 아, 안 돼요!"

"익 공자가 어제 언제 나갔지?"

"…그, 그게……."

서늘한 육 총관의 눈빛이 란이를 질리게 만들었다.

"무영신권 얘기를 들으시더니 주, 죽이겠다고… 그, 그 얘기를 듣고… 저는 여, 열심히 봉사… 했습니다. 일을 치르신 뒤엔… 저는 잠을 잔 것뿐……."

란이는 더듬으면서도 육 총관이 듣고 싶은 대답을 끝까지 해주었다.

"무영신권?"

"요, 요즘 유명한 사, 사람이에요. 구, 구마권 대, 대협을… 태, 태양문에서……."

"오, 그 젊은 놈 말이냐?"

육 총관은 란의 설명을 듣자마자 누군지 알 수 있었다.

최근에 벌어졌던 일을 보고받았기 때문이다.

"예."

란이의 표정 어디에도 거짓은 찾아볼 수 없었다.

육 총관은 그제야 생각에 잠겼다.

'태양문은 어차피 가야 하긴 하는데… 이거 뭐 이리 쉽게 해결이 되지? 이상해.'

육 총관은 미심쩍은 마음에 란을 돌아봤다.

란은 살고 싶다는 간절함을 담아 육 총관을 올려다보고 있었다.

원하는 정보는 얻었으나 어딘지 모르게 찜찜했다.

하지만 아한선생의 제자인 익제붕의 죽음과 철혈문이 전혀 상관없다는 증거는 확보한 셈이니 한시름 던 것은 사실이었다.

第六章 아한선생

강대기.

위패가 하나 더 추가됐다.

모두 네 개.

무백은 향을 피우고 절을 올렸다.

그 모습을 지켜보던 흑광의 표정이 자못 엄숙했다.

절을 올리는 주군의 뒷모습이 왠지 묵직하게 느껴졌다.

젊은 나이에 어울리지 않는 깊은 눈과 정중한 행동.

흑광은 가만히 보고 있지 못하고 무백을 따라 큰절을 올리기 시작했다.

"엄마, 주인님과 흑 대협은 왜 절을 하는 거예요?"

"…글쎄다."

설미는 무백을 처음 봤을 때를 떠올렸다.

그때 무백은 강자장을 찾고 있다고 했다.

'저 위패에 적힌 성씨가 모두 강……'

설미는 위패에 적힌 이름들을 보고는 자신도 모르게 마른
침을 삼켰다.

빈 장원을 발견했다며 두진과 함께 설미에게 달려와 기뻐
하던 남편 허곽의 얼굴이 떠올랐다.

그 두 사람은 장원에 도착해 처음으로 대전에 있던 위패들
을 창고로 옮겼다.

"부인, 오늘부로 이곳의 이름이 바뀝니다."

"…이곳이 강가장이었군요."

무백은 대답 대신 고개를 끄덕였다.

"명심하겠습니다, 주인님. 승아에겐 제가 따로……."

"그건 제가 알아서 하지요."

흑광이 설미의 말을 자르며 나섰다.

"무슨 소릴 하는 거죠?"

설미의 눈이 날카로워졌다.

"부인, 주군 앞에서 그런 식의 태도는 곤란해요. 예전에 문

도들이 부인 앞에서 어떻게 했는지 기억 안 나세요?"

흑광은 냉정한 눈으로 설미를 내려다보며 말했다.

설미는 할 말을 잃고 말았다.

예전 문도들이 그녀 앞에서 할 말 다했던가?

그럴 수 없었다.

하루아침에 그녀가 그렇게 되어야 하는 상황인 것이다.

설미는 금방이라도 눈물이 쏟아질 것 같아 재빨리 고개를 숙였다.

"인정할 건 빨리 인정하는 게 현명한 겁니다."

흑광은 허승의 머리를 쓰다듬다가 번쩍 들어 올려 대전을 빠져나갔다.

"괜찮을 겁니다. 흑광은 현명한 사람이니까요. 부인, 앞으로 많이 힘드실 겁니다."

앞으로 이곳에서 지내게 되면 사람들과 부대끼며 살아야 하는데 괜찮겠느냐는 질문이었다.

"괜찮습니다."

설미는 당차게 대답했다.

하루아침에 신분이 완전히 뒤바뀌었지만 마음만은 편해진 까닭이다.

그녀에게도 할 일이란 것이 생겼다.

무백이 다녀간 뒤, 그녀에게 태양문은 생소한 공간이 되고

아한선생 191

말았다. 허곽의 빈자리는 너무도 컸다. 문도들은 오직 두진의 말만 들었고 그녀는 허수아비처럼 방에만 틀어박혀 있어야 했다.

"그럼 식사를 부탁드리겠습니다."

"예. 준비가 되는 대로 알려 드리겠습니다."

설미는 주저 없이 대답한 후 빠르게 대전을 나갔다.

걱정했던 무백은 설미의 모습에 놀란 표정을 숨기지 못했다.

흑광 때문에 두 모자를 거두긴 했지만 잘 지내지 못할 거라 생각해 금가장에 부탁할 생각이었다.

'금 대인께 부탁할 필요도 없겠구나.'

설미가 겪은 일이 여인으로서 얼마나 수치스러운 일인지 잘 알고 있었다. 그것을 하루 만에 이겨낼 수는 없겠지만 노력하는 모습이 너무도 대견해 보였다.

무백은 대전을 나와 주위를 둘러보았다.

"자, 어서들 나와 그동안 배운 재주를 뽐내보아라!"

강대기라면 그렇게 외쳤을 법한 공간으로 만들 것이다.

흑광에게 알려준 반권을 익히는 강가장의 무인들과 그들의 식솔이 머무는 공간.

무백의 눈에 그 모습이 그려졌다.

"합!"

좌측 아래에서 기합 소리가 들려왔다.

흑광이 허승에게 진지한 모습으로 자세를 가르치고 있었다. 무백은 그런 식으로 흑광에게 알려준 적이 없었다. 아마도 그가 자라면서 배웠던 나름의 방법인 듯싶었다.

"강한 사람은 용기 있는 사람이야, 승아."

"용기요?"

"싸우면 질 것 같아, 맞으면 아플 거야, 굶으면 어떡하지? 이런 생각들은 비겁한 사람이 하는 거야. 지더라도 싸워야 하고, 아파도 같이 때려야 하고, 먹을 게 생길 때까지 부지런히 움직여야 해. 그런 사람이 용기 있는 사람이거든."

"전 안 굶어요. 굶으면 엄마한테 혼나거든요."

"…아."

흑광은 진지하게 말하다 허승이 한 번도 굶어본 적이 없다는 것을 생각하곤 입맛을 다셨다.

앞의 두 예는 괜찮았는데 마지막 예가 허승에겐 다가오지 않은 모양이다.

"승아, 흑광 아저씨의 말은 그게 아니란다."

"아, 주인님!"

허승이 위에서 들려온 무백의 목소리에 활짝 웃으며 반겼다. 그 모습에 무백은 피식 웃었다.

"권을 배우는 건 재미있니?"

"강해질 수 있잖아요!"

"강해진다? 어느 정도면 강해지는 거지?"

"제가 나쁜 놈들 다 때려줄 수 있는 거요."

"그때까지 하루도 빠지지 않고 흑광 아저씨에게 권을 배울 수 있으면, 그게 바로 용기 있는 거란다."

"예? 그건 너무 쉽잖아요?"

"용기를 내는 건 어려운 게 아니야. 약속하면 반드시 지키려 하는 것이야말로 용기지."

"정말이에요, 아저씨?"

허승이 흑광을 돌아보며 되물었다.

"그럼. 주군께서 하신 말씀 그대로다. 가르침에 감사드립니다, 주군."

흑광이 대답 후에 허리를 숙이자 허승도 따라서 했다.

아주 자연스러운 과정이었다. 이렇게 한두 달 후면 허승은 무백에게 경외감을 가질 수밖에 없게 된다. 그 과정을 거쳐 본 흑광이기에 잘 아는 것이다.

'이곳이, 내가 아는 한 가장 용기 있는 아홉 분 중 한 분의 장원이다.'

무백은 이곳으로 데려올 강민을 생각하자 절로 웃음이 나왔다. 강대기의 유언을 들어줄 수 있게 된 것이다.

며칠 뒤.

태양문 현판 아래 두 대의 마차가 도착했다.

그 안에서 나온 인원은 무려 삼십여 명이나 됐는데 모두 임촌 뒷골목에서 흑광의 지시를 받던 자들이었다.

"대형이 오란 곳이 정말 여기야?"

"이렇게 큰 곳에 대형께서 어떻게 와 계신 거지?"

"혹시 신인께서 주신 건가?"

제각각 웅성거릴 때였다.

문이 열리며 그들에게 낯익은 얼굴이 나왔다.

"이놈들아, 왔느냐!"

흑광이 환하게 웃으며 부하들을 반갑게 맞아주었다.

"대, 대형?"

"나 말고 대형이라고 부를 사람이 또 있냐?"

"대, 대형!"

서른 명의 장한들은 일제히 흑광에게 달려들었다.

한동안 반가운 재회를 나눈 그들은 안으로 들어갔다.

중앙전각 앞 연무장에 도착한 서른 명은 누군가를 발견하자마자 일제히 무릎을 꿇었다.

"신인을 뵙습니다!"

강가장이 떠나갈 듯한 소리가 터졌다.

"앞으로 잘 부탁한다."

무백은 흑광이 시킨 대로 하대를 했다.

"무슨 일이든 시켜만 주십시오!"

서른 명이 또다시 일제히 외쳤다.

"흑광이 머물 숙소를 정해줄 것이니 따라가서 짐을 부리도록 해라."

무백은 말을 마치고 곧장 대전 안으로 들어갔다.

사람들을 다루는 것 역시 흑광이 해야 하는 일이었다.

"영 어색하군."

무백이 낮게 숨을 내쉬었다.

"주인님, 차 드세요. 말씀하셨던 분들이 온 모양이네요."

설미가 차를 내오며 걱정되는 눈으로 대전 밖을 돌아봤다. 사람들의 행색을 이미 본 뒤였다. 거칠게 살아온 사람들이 분명했다.

"부인, 걱정할 것 없습니다. 흑광이 데리고 있던 사람들이니 이곳 생활에 적응하면 부인께도 도움이 될 거라 생각합니다."

"제게요?"

"앞으로 강가장의 살림을 꾸리려면 필요한 일입니다."

"제가 살림을요?"

설미는 갑작스런 무백의 말에 당황한 표정을 지었다.

"흑광이 얘기하지 않았던가요?"

"전혀요."

"아직 얘기를 안 한 모양이네요. 조금 있다 흑광을 보낼 테니 잘 상의해 보세요."

"……."

"흑광이 알아서 잘 다룰 겁니다."

"…알겠습니다."

설미는 심장이 두근거려 제대로 대답을 하지 못했다.

낯선 사람들과 만나야 한다는 생각을 떠올리는 것 자체가 두려움인 것이다.

대전 밖으로 나간 설미는 허승을 데리고 주방으로 들어갔다.

"엄마, 왜 그렇게 떨어요?"

"아, 아니. 엄마가 왜 떨어."

설미는 떨리는 손을 진정시키며 심호흡을 크게 했다.

그런 설미를 허승이 안아주었다.

요 며칠 흑광과 시간을 자주 보내더니 울지도 않고 부쩍 사내다워진 허승이었다.

"넌 사람들이 안 무서워?"

"응. 난 용기가 있거든."

"용기?"

"응. 매일 아침 광 아저씨에게 무공도 배우고 있어. 곧 이따만큼 세져서 엄마도 지킬 수 있을 거야."

허승이 양손을 허리에 걸치며 자신만만하게 말했다.

그 모습을 보자 설미는 눈물이 그렁그렁해졌다.

단 한 번도 보지 못했던 아들의 늠름한 모습에 감격해 버린 것이다.

그녀가 그토록 바라던 모습이 바로 눈앞에 있었다.

며칠 만에 허승을 바꾼 흑광이라면 그녀도 바꿔줄 수 있지 않을까?

설미의 떨리던 손은 어느새 진정됐다.

"승아, 가서 엄마가 광 아저씨 좀 보자고 하더라고 알려줄래?"

"응!"

허승은 신나서 주방 밖으로 뛰어나갔다.

잠시 후, 주방으로 흑광이 들어왔다.

"부르셨다고요?"

흑광은 주방으로 들어서자마자 아무거나 손에 잡히는 걸 입안으로 가져갔다.

"왜 제가 강가장의 살림을 맡는다고 하셨나요?"

"그럼 그거 말고 다른 거 하시게요?"

"예?"

"여기서 지내려면 뭐라도 하셔야지요. 그래서 주군께 말씀 드린 거예요. 그리고 앞으론 주방엔 들어오지 마세요. 거친 녀석들이라 치이실 겁니다."

"저보고 살림을 맡으라고……."

"에이, 살림이 어디 밥하는 것뿐이겠습니까? 글도 읽을 줄 모르는 녀석들이니 식재료 사다달라고 적어주셔도 소용없어요. 잘 적어주시는 것도 살림이잖아요."

말을 마친 흑광이 피식 웃었다.

이상한 것은, 흑광이 말을 하는 내내 설미와는 눈 한 번 부딪치지 않은 것이다.

"그것만 하면 되는 건가요?"

"일단은 그러네요. 그리고 여자들이 오려면 좀 더 시간이 걸릴 것 같아요."

"여, 여자들이요?"

"당연하죠. 밥이며 빨래며 잡일이며 잔심부름을 누가 해요? 여자들이 오면 관리도 좀 부탁합니다."

"……."

설미는 흑광을 빤히 쳐다봤다.

흑광이 한 말을 듣다 보니 이상한 생각이 든 까닭이다.

설미가 할 수 있는 일만 시키고 있잖은가?

"할 말 다 하셨음 저는 바빠서."

"…흑 대협."

흑광이 막 주방을 빠져나가려는 순간 설미가 조그만 소리로 불렀다.

"예? 저 부르셨나요?"

"감사해요."

"……."

흑광은 할 말을 까먹었는지 눈을 몇 번 꿈뻑이다 머리를 긁적이며 다시 걷기 시작했다.

그 모습에 설미는 오랜만에 미소를 지을 수 있었다.

'가만, 그럼 식재료를 사러 내가 가야 하는 건가? 아니면 흑 대협이?'

사람들에게 치일 것은 걱정하지 않게 됐지만 새로운 걱정거리가 생겨난 설미였다.

"모두 모였습니다."

흑광이 대전 앞에서 허리를 숙이고 알렸다.

그의 뒤쪽 연무장엔 삼십여 명의 장한들이 가지런히 서서 무백을 기다리고 있었다.

무백은 머리를 단정히 묶고 밖으로 나왔다.

"흡!"

흑광이 깜짝 놀라 자신도 모르게 눈을 크게 떴다.

무백은 흑광에게 잠깐 시선을 주었다가 지나쳤다.

흑광의 입에서 '후' 하는 소리가 흘러나왔다.

잠시 숨이 멈춘 것이다.

지금까지 줄곧 무백과 함께 지냈으면서 마치 처음 보는 사람처럼 느껴졌다. 그저 잠깐 지나쳐 갔을 뿐인데 숨이 막히고 전신이 쩌릿쩌릿해질 정도로 힘이 들어갔다.

"이곳을 둘러보도록."

무백이 담담한 목소리로 말했다.

연무장에 모인 장한들은 어리둥절해져서 주위를 보고 또 봤다.

"이곳이 강가장이다."

무백의 이어진 말에 모두 어리둥절한 표정이 됐다.

태양문이란 현판을 보고 들어왔는데 강가장이라니 무슨 소린가 싶은 표정들인 것이다.

무백은 시선을 들어 대전 옆 담장을 바라봤다.

연무장의 모든 사람들이 그 시선을 따라갔다. 그곳을 시작으로 멀리 보이는 정문까지, 그리고 우측 담장을 따라 대전까지.

강가장을 눈으로 한 바퀴 돌고 나서야 무백은 다시 연무장으로 시선을 내렸다.

"무공에 재능이 있는 자는 무인의 길을 걸을 수 있도록 도울 것이고, 다른 쪽에 재능이 있는 자는 그에 맞는 일을 만들어줄 것이다. 즐겁게 지내도록."

무백의 말은 그것으로 끝이었다.

무백이 돌아서서 대전 안으로 들어갔고 연무장에 서서히 변화가 일어났다.

"흑광, 잠시 들어오게."

"예."

흑광은 대답한 후 연무장을 돌아봤다.

평생 벗어나지 못할 것 같았던 뒷골목에서 탈출했다며 환호하는 자, 무인의 길을 걸을 수 있다는 말에 감동해 울먹이는 자, 제때 밥을 먹게 돼서 좋다는 자…….

반응들은 천차만별이지만 강가장에 오게 된 것을 후회하는 사람은 없었다.

'대단하신 분.'

뒤에서 무백이 저들을 어찌 다룰지 지켜보던 흑광은 혀를 내둘렀다.

저들을 다루는 것은 그의 몫이기에 딴생각 품지 못하게 바짝 굴릴 생각을 하고 있던 차였다.

그러나 무백의 한마디에 그럴 필요가 없어졌다.

"다들 잘 들어라. 이것은 너희 평생에 처음이자 마지막일

수 있는 기회다. 청소든, 밥이든, 빨래든, 뭐든 해라. 그러면
이곳에서 살 수 있다."

흑광이 말을 마치자마자 장한들은 사방으로 흩어졌다.

그중 예닐곱 명만이 자리에 남아 어쩔 줄 몰라 했다.

"너희는 뭐해?"

"저는 할 줄 아는 게 아무것도 없는데요, 대형?"

멍두. 멍청한 머리의 준말로, 어릴 때 머리를 크게 다쳐 아
무 생각 없이 사는 녀석이었다.

"청소, 빨래, 밥. 이 중 할 줄 아는 게 아무것도 없어?"

"예."

"그럼 왜 왔어?"

"글쎄요. 제가 왜 왔죠?"

멍두가 전혀 난처하지 않은 표정으로 되물었다.

"알았다. 니늘은 왜?"

"저는……."

나머지 여섯 명도 멍두와 크게 다를 바가 없었다.

소심한 데다 특별한 기술도 없어 쭈뼛거릴 뿐인 것이다.

"니들 일곱은 앞으로 할 일이 있다."

일곱 명의 눈이 반짝였다.

"아침에 일어나 제일 먼저 장원의 잡초를 뽑고, 점심엔
담 아래 풀을 뽑고, 저녁엔 내가 알려주는 훈련을 한다. 알

겠나?"

"예, 대형!"

할 일이 주어지자 일곱 명의 표정이 완전히 달라졌다.

흑광은 그제야 대전으로 들어갔다.

안으로 들어가자 무백이 창밖을 내다보고 있었다.

"주군, 부르셨습니까?"

"잠시 어딜 좀 다녀와야 할 것 같다."

"준비하겠습니다."

"아니, 혼자 다녀올 생각이다. 만 냥이면 전에 말했던 것을 할 수 있나?"

"마, 만 냥……."

흑광의 멍한 표정이 되고 말았다.

만 냥이란 거금을 한 번도 가져 본 적 없기에 잠시 생각을 해야 했다.

"더 필요한가?"

"아, 아닙니다, 주군. 그 정도면 충분합니다."

"그럼 오후에 올 테니 그리 알고 있게."

"…예."

흑광은 지금 무백과 나눈 대화가 현실인지 아닌지 실감할 수 없었다. 임촌의 뒷골목에서만 지내던 그가 은자 만 냥에 대해 아무렇지도 않게 말을 한 것이다.

턱턱.

흑광이 자신의 어깨를 두어 번 두드리고 쓰다듬었다.

스스로가 너무 대견한 것이다.

그렇게 강가장의 새로운 하루가 시작됐다.

*　　　*　　　*

붉은 선을 건(巾)의 위아래 그어놓고 그 안을 여러 가지 문
양으로 채웠다. 이마 아래로는 흰 수염과 서너 가닥의 턱수염
이 너울거리고 있었다.

철혈마군 범격은 자신의 눈앞에 있는 노인이 누군지 잘 알
고 있었다.

자신에게 원한을 품은 자를 죽기 직전에 강시로 만들어 데
리고 다닌다는, 기괴함으론 강호제일이라 해도 과언이 아닌
마두, 아한선생이었다.

하얀 눈썹이 꿈틀거리며 흔들렸다.

"누가 붕아를 이렇게 만들었다고?"

듣기만 해도 심장이 얼어붙을 것 같은 목소리가 아한선생
의 입에서 흘러나왔다.

"무영신권이란 자입니다."

"무영신권? 그자는 어디 있는가?"

"이곳에서 멀지 않은 곳에 있습니다."

"멀지 않은? 잡아오지 않았다고?"

쩌저저—

아한선생의 전신에서 뿜어진 무시무시한 살기가 범격에게로 향했다.

범격은 급히 호신강기를 운용해 살기를 막았다.

"잠시만 노여움을 진정하시지요."

"내가 진정하게 생겼는가!"

콰아아—

두 고수의 진기가 충돌을 일으키며 사방에 갑자기 바람이 휘몰아치기 시작했다.

내공이 약한 철혈문의 문도 몇몇은 그 자리에서 피를 토하며 쓰러졌다.

"붕이가 죽은 것은 제 잘못이 아닙니다. 상아루란 주루에서 술을 마시다 무영신권이란 놈이 고수란 소리를 들었던 모양입니다. 술김에 놈을 죽이겠다고 기녀에게 자랑을 하곤… 저 상태가 된 것입니다."

"뭐라? 주루에서 술 마시다 자랑질을 했다고? 이런 한심한 놈!"

아한선생은 범격의 대답을 듣고서야 살기를 거둬들였다.

익제붕의 평소 행실을 잘 알기에 범격의 잘못이 아님을 인정한 것이다.

"범 문주, 이놈이 내 제자일세."

"알고 있습니다."

"무슨 잘못을 했어도 내가 보듬어 안아줄 놈이란 말일세."

"그러셔야지요."

"어디 있나?"

"태양문이란 곳에 있다고 합니다."

"쥐새끼 같은 놈. 노부의 제자를 이 꼴로 만들고 숨어 있다고? 당장 안내하게."

"가시지요."

범격이 눈짓을 보내자 육 총관은 철혈문도 오십여 명을 데리고 앞장섰다.

"한 놈이라고 하지 않았나, 범 문주?"

"맞습니다."

"헌데 뭘 그리 많이 달고 가려 하나?"

"부술 것들이 좀 있습니다."

범격은 태양문에 사람이 거주하지 못하도록 만들라는 지시를 받았다.

그 쉬운 일을 두 번이나 실패했으니 태양문을 가만히 둘 리가 없었다. 태양문의 건물들을 모조리 부술 작정인 것이다.

무리 지어 움직이는 것을 그다지 좋아하지 않는 아한선생으로서는 떼로 움직이려는 범격이 마음에 들 리가 없었다.

모양새가 영 좋지 않았다.

이건 한 놈을 죽이려고 아한선생과 철혈문이 공조하는 것 같은 모습이기 때문이다.

그러나 이곳은 그의 영역이 아니잖은가.

그의 일만 방해하지 않으면 된다.

아한선생이 싸늘한 표정으로 범격과 나란히 움직였다.

*　　　*　　　*

비각.

푸른색 종이에 태양문의 움직임이 적혀 있었다.

내용을 보던 목하진의 입가에 미소가 그려졌다.

'반야가 제대로 손을 쓴 모양이군. 아한선생, 자기 제자가 무슨 수법에 죽었는지는 살펴봤어야 하는 거 아닌가?'

목하진은 아한선생의 다혈질 성격을 잘 알고 있었다.

누군가를 죽여야 하는 상황이 됐을 때, 아한선생은 많은 이유를 필요로 하지 않는다. 그로 인해 원한 관계가 생긴다 해도 조금도 개의치 않기 때문이다.

사파라 불리는 데엔 다 이유가 있는 것이다.

'나는 아한선생 당신의 그런 점이 마음에 든단 말이야.'

목하진이 익힌 무공은 도가계열의 무공이지만 그의 손속은 사파의 인물들에겐 무자비했다. 물론 알려진 바로는 그랬다.

그 때문에 전대 각주가 목하진을 후계자로 지목한 것일 수도 있었다. 하지만 목하진은 정파든 사파든 신경 쓰지 않고 죽였을 뿐이었다. 빈도를 따지자면 사파가 많긴 했지만.

'놈이 살아서 금가장에 지원을 요청하면 좋겠지만, 거기까지 바라면 안 되겠지? 그럼… 그렇게 하도록 또 만들면 되지.'

목하진의 눈에서 빛이 일렁였다.

지금 상황을 무척이나 즐기고 있는 것이다.

계획대로 척척 알아서 움직여 주니 기분이 좋지 않을 이유가 없잖은가?

"히히, 히히히."

목하진의 입에서 기이한 웃음소리가 흘러나왔다.

아한선생이 무영신권이란 놈을 죽이는 순간, 태양문에 숨어 있던 독웅은 딱 들키기 좋게 도망칠 것이다.

당연히 목적지는 천양의 금가장이다.

그렇게 다시 한 번 군림회와 엮인다면 진정한 손 안 대고 코 풀기가 아닌가?

그 때문에 자꾸만 기이한 웃음이 나오는 목하진이었다.

　　　　　　*　　　　*　　　　*

　난주와 같이 큰 도시라면 당연히 표국도 많을 수밖에 없다.
전장에서 운영하는 작은 표국부터 대를 잇는 전통을 갖고 있
는 표국까지 난주엔 많은 표국이 있었다.

　무백은 금룡표국의 지부를 쉽게 찾았다.

　주루에 들어가 차 한 잔 마시고 물으니 위치까지 정확히 알
려주었기 때문이다.

　금룡표국 난주지부는 난주 최고의 거리엔 자리하지 못하
고 약간 벗어난 곳에 위치하고 있었다.

　그편이 무백에겐 오히려 나았다.

　표국으로 들어가려 하자 위사가 막아섰다.

　"신분을 밝히시오."

　"국… 지부장님이라고 해야 하나요, 국주님이라고 해야 하
나요?"

　"당연히 국주님이시오."

　"그럼 국주님을 뵈러 왔습니다."

　"그러니까, 무슨 용무로 뵈려고 하느냐는 것이오."

　"만나 뵙고 말씀드려야 합니다."

　위사는 무백의 위아래를 훑어봤다.

아무리 봐도 귀공자가 분명했지만 입고 있는 옷감과 말투가 어딘지 모르게 서민과 같았다.

대개 잘난 공자님들은 대뜸 반말을 하거나 부리고 있는 자를 대신 내세워 위사들과는 말 자체를 섞지 않았다.

"음……."

위사는 잠시 고민을 하다 옆으로 비켜섰다.

무백이 고맙다며 막 그를 지나치려 할 때였다.

"공자, 위장은 잘했지만 얼굴을 가리지 않으면 티가 난다오. 험험."

위사가 알 수 없는 말을 툭 내뱉고는 모른 척 시치미를 뗐다.

'위장?'

무백은 위사의 알 수 없는 말에 어깨를 으쓱한 후 안으로 들어갔다.

표국이라고는 해도 마차 두어 대 끌 말과 인부 십여 명 정도가 전부인 곳이었다. 인부들은 말을 관리하기에 여념이 없어 무백이 들어온 것도 모르는 것 같았다.

두 사람이 더 있었다.

한 명은 거처 앞에 놓인 책상에서 무언가 열심히 적는 노인이었고 다른 한 명은 거처 안에서 무언가를 찾는 것 같았다.

"실례합니다."

무백이 먼저 말을 걸었다.

책상에 앉아 있던 노인이 눈을 위로 치켜뜨며 무백을 돌아봤다.

"부탁할 것이 있어 왔습니다."

"부탁? 뭔 부탁? 표물 운송이요?"

"그게 아니라 돈이 필요해서요."

"돈? 그건 전장에 가야 있지."

"이걸 보여드리면 주실 거라고 하더군요."

무백은 금가장이라 쓰여 진 금색 막대를 꺼내 건넸다.

노인은 금 막대를 살펴보다 무백에게 시선을 돌렸다.

"이런 건 국주님께 빼드려야 하는 거 아닌가?"

"그래서 보여 드렸잖습니까?"

"잉?"

무백은 노인이 한쪽 눈썹을 올리자 씩, 웃었다.

이곳을 관리하는 사람이 누군지 이미 들어올 때 짐작하고 있었던 것이다.

"눈은 좋군. 이건 확실한 거지?"

"확인해 봤잖습니까?"

"알았네."

노인은 책상 위에 있던 책자를 치우고 빈 종이에 무언가를 썼다.

"만 냥입니다. 은자 만 냥."

무백의 말을 듣기는 했는지 노인은 계속해서 뭔가를 적어 내려가더니 무백이 가져온 금 막대에 먹물을 묻혀 맨 마지막에 눌렀다.

그러자 신기한 현상이 일어났다.

종이 맨 마지막에 찍힌 글자는 금가장이 아니었다.

'저건 그 정자!'

금가장 안에 있던 정자의 모습이 찍힌 것이다.

노인은 금색 막대에 묻은 먹물을 닦아내곤 다시 돌려주었다.

"왜 그리 놀라? 그거 갖고 와서 돈 달란다고 다 줄까 봐? 흘흘."

노인은 무백의 놀란 표정을 재미있다는 듯 본 후 거처 안으로 들어갔다 금방 나왔다.

"여기 만 냥일세."

노인이 건네준 것은 한 장의 전표였다.

"이것이 만 냥인가요?"

"거기 적혀 있잖나?"

"이걸 어떻게 사용해야 하지요?"

"음?"

노인은 뜬금없는 무백의 질문에 살짝 당황한 표정을 지

었다.

전표의 쓰임새를 모르는 것 같다. 그런 사람이 어떻게 금가
장주의 허락 없인 사용할 수 없는 금장(金章)을 지니고 있는
지 순간적으로 의심이 든 것이다.

"자네… 전표를 사용할 줄 모르나?"

노인의 질문에 무백은 전표를 품에 넣었다.

노인에게서 느껴진 불안함을 읽은 까닭이다.

그것은 자신에게 돌아올 불이익을 걱정하는 감정이었다.

"이렇게 큰돈을 표식만 믿고 내주실 줄 몰랐거든요. 하지
만 이젠 믿을 수 있겠네요. 그럼."

무백은 노인이 뭐라고 하기도 전에 돌아섰다.

노인은 황당한 표정이 되어 무백의 등을 쳐다만 봤다.

노인이 볼 때 무백은 자신이 가진 금장이 어떤 물건인지 전
혀 모르는 것 같았다.

저 물건을 갖고 있는 사람에겐 그 어떤 확인절차도 무의미
함을 말이다. 물론 금룡표국과 몇몇 금가장주를 아는 곳들에
한해서지만.

"그 물건을 가져오는 사람에겐 이유를 막론하고 달라는 모든
것을 구해주게."

금룡표국주가 금장에 대해 직접 한 말이었다.

"엉뚱한 사람이 금장을 가져와 사기 칠 경우엔 어떻게 합니까?"

노인은 당연히 물었으나, 국주는 웃으며 그런 사람으로 의심되는 자라도 내어주라고 했다. 그 말을 듣지 않았다면 노인은 벌써 무백의 뒤를 미행시켰을 것이다.

'내 소관이 아니니 난 몰라.'

노인은 콧방귀를 뀌곤 하던 일에 다시 집중했다.

무백은 금룡표국 난주지부를 나선 뒤 다시 강가장으로 되돌아가기 위해 발걸음을 서둘렀다. 아니, 서두르기 위해 막 숲으로 들어가려 할 때였다.

몇몇 상인으로 보이는 무리가 질색을 하며 숲을 빠져나오는 모습이 보였다.

'왜들 저러지? 저 길로 가야 하서회랑으로 곧장 갈 수 있는데……'

상인들이 지름길을 두고 돌아가려 하는 데엔 다른 이유가 없었다.

숲에서 위험한 무언가를 보거나 들은 것이다.

"저, 왜 그리 서둘러서 숲을 나오는 겁니까?"

무백이 지나가는 상인 한 명에게 말을 걸었다.

상인은 모른 척 지나치려다 무백의 얼굴을 보고 놀란 눈이
되어 멈춰 섰다.

"어디로 가는 길이우, 잘생긴 양반?"

"저는 하서회랑으로 가는 길입니다만."

"……."

"무슨 일입니까?"

"뭔 일로 그리 가는지 몰라도 반나절만 더 쓰시오. 지금쯤
이면 하서회랑에 난리가 났을 테니까."

"……?"

"사파 무인들이 그쪽으로 대거 몰려가는 걸 아침나절에 본
사람이 알려준 거니 지금쯤이면 벌써 사단이 났을 게요. 그러
니……."

혹—

말을 하던 상인은 갑자기 일어난 바람으로 눈을 감았다가
떴다.

"내 말……."

상인은 좀 더 강하게 말을 하려다 입을 닫았다.

주위를 둘러봤으나 보이는 사람은 아무도 없었다.

"나… 지금 누구하고 말한 거냐? 어이, 어이……."

조금 전까지 눈앞에 있던 잘생긴 청년을 불러봤으나 숲은

상인의 목소리만 먹고 시치미를 뚝 뗐다.

상인은 머리털이 쭈뼛 설 정도로 오싹해지는 기분에 숲에서 달려 나올 때와는 비교도 안 될 속도로 뜀박질을 했다.

第七章 차도살인지계

아한선생은 강가장에 도착하고 난 후 황당해서 말이 나오지 않았다.

범격도 갚을 빚이 있다고 해서 그럴 듯한 문파인 줄 알았더니 텅 빈 장원에 무공도 모르는 몇 놈 데려다 놓은 것이 전부였다.

무영신권은 도망쳤는지 보이지도 않았다.

아한선생은 미간을 찌푸린 채 단 위에 갖다 놓은 의자에 앉아만 있었다.

"어디 갔냐고!"

무영신권의 행방을 묻는 철혈문도의 목소리가 곤두선 아한선생의 신경을 더욱 건드렸다.

때리는 놈이건 맞는 놈이건 모조리 내장을 꺼내 강시로 만들고 싶은 심정이었다.

"범 문주, 무영신권이란 놈이 이곳에 있는 것 맞나?"

아한선생의 짜증 가득한 질문에 범격은 얼굴이 벌게져서 육 총관을 돌아봤다.

제대로 된 정보가 맞느냐는 표정이었다.

육 총관은 범격의 시선을 피하며 애꿎은 부하를 향해 인상을 썼다.

퍽!

유일하게 무공을 익히고 있는 흑광이 철혈문도의 발길질에 맞아 바닥에 주저앉았다.

"무영신권 어디 있냐고!"

철혈문도의 발길질에 언어맞는 흑광의 인상이 좋지 않았다. 임촌에서 데려온 녀석들 중 벌써 세 명이 죽었다. 죽을 각오로 무백에게 배운 반권을 사용한다면 철혈문도 십여 명은 죽일 자신이 있었다.

그러나 흑광이 쓰러지는 순간 나머지 사람들은 전원 몰살당하고 말 것이다.

"…신다."

"뭐라고?"

"곧 주군께서 오실 거라고 했다."

"주군?"

철혈문도가 흑광의 대답에 어이없는 눈으로 주위에 있는 동료들과 파안대소를 터트렸다.

무공도 모르는 놈들이 주군이란 말을 사용한 것이 신기하면서도 재미있었기 때문이다.

"그러니까 그 주군이란 자는 언제 오는데?"

철혈문도가 이번엔 발을 흑광의 얼굴에 댔다.

걷어차이는 것과는 비교도 할 수 없는 수치심이 흑광의 전신을 떨리게 만들었다.

"…곧."

흑광은 철혈문도의 발을 얼굴에 댄 채 대답했다.

당연히 반응이 있을 줄 알았던 철혈문도는 일순 머쓱해져서 주위 동료를 돌아봤다. 동료들도 흑광의 반응이 의외였는지 어깨를 으쓱했다.

"한 놈 옆으로 빼내."

육 총관이 보다 못해 명령을 내렸다.

철혈문도는 아무나 손에 잡히는 대로 한 명을 끌어낸 밖으로 내동댕이쳤다.

"곧 온다고 하지 않았느냐. 쟤네를 때린다고 올 분이 안 오고, 안 올 분이 오겠느냐."

"오겠느냐? 이게 어따 대고 반말이야!"

철혈문도 하나가 흑광을 향해 발길질을 퍼붓자 기다리고 있었다는 듯이 나머지 문도들도 동참했다.

흑광은 두들겨 맞으면서도 속은 편했다.

이런 식으로 그에게 구타가 집중돼야 나머지가 무사할 테니 말이다.

맞으면서도 흑광은 웃을 수 있었다.

"그만. 조금 전에 뭐라고 했지?"

육 총관이 앞으로 나서며 철혈문도의 발길질을 멈추게 했다.

"주군께서 곧 오시니 다른 사람들은 좀 건들지 말라고 했다."

흑광은 직접 나선 육 총관을 향해 태연히 대답했다.

육 총관을 보는 눈에는 조금도 두려운 빛이 없었다.

'이놈, 대가 있는데? 근데 어째서 다른 놈들은 무공도 모르는 얼치기들뿐이지?'

육 총관 역시 이 상황이 짜증나긴 매한가지였다.

범격과 아한선생을 모시고 온 자리이기에 좀 더 극적인 연출이 필요한데 그가 뭘 할 수 있는 상황이 아니었다.

흑광의 표정을 보면 무영신권은 분명 올 것이다.

그러나 그 말만 듣고 가만히 서서 기다린다?

말도 안 되는 일이었다.

"알았다. 무영신권이 올 때까지 잠시 유흥거리라도 마련해 볼까?"

"유흥?"

"너만 무공을 익힌 것 같더구나. 맞느냐?"

"……."

"내 손에 삼 초를 버티면 저놈은 무사할 것이다. 오 초를 버티면 무영신권이 올 때까지 기다리지. 어떠냐?"

픽.

흑광이 웃었다.

"웃어?"

"내가 이기면?"

흑광이 육 총관을 똑바로 쳐다보며 물었다.

"이겨? 네가 나를?"

육 총관의 쥐상에 경련이 일었다.

"푸하! 농담이오. 오 초! 버텨봅시다."

흑광은 말해놓고 순간적으로 아차 싶은 생각에 곧장 말을 바꾸었다.

자신이 없진 않았으나 육 총관을 이기게 되면 나머지 인원은 전원 죽을 수밖에 없을 것이다.

자칫 한순간 일어난 호승심으로 화를 자초할 뻔했다.

흑광의 웃음이 짙어질수록 육 총관의 표정은 굳어갔다.

지금과 같은 상황에서 농담이라도 그런 말을 했다는 자체가 그의 자존심을 건드린 까닭이다.

'흑 대협.'

중앙에 몸을 웅크리고 앉아 허승을 품에 안고 있는 설미는 흑광의 목소리를 듣고 있었다.

왜 일부러 나서서 맞고 있는지 그 이유를 그녀는 잘 알고 있었다.

무백이 올 때까지 시간을 끌려는 것이다.

'무 소협이 온다고 해서 저 많은 인원을 당해낼 수 있을까? 차라리 또다시 그런 일을 겪지 않으려면 도망치다 죽는 편이……'

설미가 아랫입술을 깨물었다.

두 번이나 사내들에게 농락당할 뻔했던 그녀이기에 충분히 가질 수 있는 생각이었다.

생각을 실천으로 옮기려 할 때였다.

'음?'

설미의 등을 누군가가 다독거렸다.

설미는 안겨 있는 허승을 내려다봤다.

'승아?'

허승은 설미와 눈이 마주치자 조금도 겁먹지 않은 표정으로 웃어보였다.

몇 달 사이에 어린 허승은 성인인 그녀가 견뎌내기도 힘든 시련을 두 번이나 겪었다. 그런 허승이, 겨우 일곱 살밖에 안 된 녀석이 어느새 엄마를 안심시키려 하고 있었다.

흑광과 지낸 며칠이 얼마나 허승에게 큰 도움이 됐는지 새삼 느끼게 된 설미였다.

"절대 고개를 들어선 안 됩니다, 부인. 승아를 안고 고개 숙인 채 가만히 있으세요. 주군께서 오실 때까지만 버티세요."

철혈문도들이 들이닥치자마자 제일 먼저 두 모자에게 달려온 사람은 흑광이었다. 흑광은 모포를 찢어 설미의 머리에 씌우며 주의를 주었다.

설미는 철혈문에서 사람들이 문을 부수고 들어왔다는 소릴 듣자마자 심장이 무너지는 충격을 받았다.

벌써 세 번째.

어떻게 같은 재앙이 세 번 연속 일어날 수 있단 말인가?

마(魔)가 씐 것이 틀림없었다.

만약 이번에 살아난다면 다른 사람들에게 더 이상 피해주지 말고 떠나는 것이 옳았다.

허승을 안은 설미는 다짐에 또 다짐을 했다.

그때, 묵직한 소리가 흑광이 있던 곳에서 터졌다.

빠악!

흑광의 신형이 제자리에서 다섯 걸음이나 밀려났다.

"제법인데?"

말과 달리 육 총관의 안색은 굳어 있었다.

조금 전에 그는 독문무공인 잔망쇄(殘網碎)를 펼쳤다.

칠성의 잔망쇄라면 능히 흑광의 가슴을 부수고도 남을 거라 확신했으나 흑광은 겨우 다섯 걸음 물러난 것이 고작이었다.

육 총관의 손이 회색으로 물들었다.

내공을 구성까지 끌어올린 것이다.

흑광은 피할 생각은 하지도 않고 그 자리에 서 있었다. 아니, 어떻게 피하는지 몰라 그대로 서 있다는 표현이 옳았다.

흑광이 무백에게 배운 것은 오직 반권이 전부였다.

육 총관이 움직였다.

'손이 욱신거린다.'

조금 전에 육 총관의 손과 부딪친 오른손이 자꾸만 시큰거렸다. 뼈에 이상이 생긴 것이 틀림없으나 티를 내선 안 된다.

육 총관의 손이 빠르게 흑광의 코앞까지 다가왔다.

흑광은 본능적으로 몸을 옆으로 비틀어 피했다.

육 총관의 입가에 웃음이 감돌았다.

사람은 누구나 피하는 순간에 실수를 하게 마련이다.

팍!

분명히 피했다고 여긴 흑광의 옆구리에서 무언가 폭발하며 옷가지를 찢어버렸다.

"컥!"

흑광은 언제 맞았는지도 모르고 무릎을 꿇고 말았다.

육 총관이 그것을 놓칠 사람이 아니었다.

잔인한 미소와 함께 그의 손이 흑광의 머리를 노리고 내리꽂혔다.

"부서져도!"

흑광이 이를 악물며 내리꽂히는 육 총관의 손을 향해 주먹을 내질렀다.

빡!

"윽!"

주먹을 내지른 흑광의 입에서 비명이 터져 나왔다.

흑광은 오른손을 왼손으로 감싸며 고통스러운 신음을 내뱉었다.

당연히 모든 사람들의 시선이 흑광에게 쏠렸어야 하지만

시선이 꽂힌 곳은 육 총관 쪽이었다.

손가락 두 개가 부러져 너덜거린다.

그는 신음도 지르지 못하고 멍한 눈으로 자신의 손가락을
보고 있었다.

"큭큭큭."

흑광은 신음을 내뱉으면서도 자신이 한 일을 보고 웃었다.

멋지게 물리치는 모습을 누군가에게 보여주고 싶었으나
여기까지가 한계인 모양이다.

흑광의 시선이 연무장 중앙으로 향했다.

설미가 고개를 숙이고 있었다.

이 멋진 광경을 보지 않은 모양이다.

"…휴. 다했네."

흑광이 아직도 자신의 손에 시선을 고정시키고 있는 육 총
관을 향해 입을 열었다.

오른손이 망가진 이상 더 이상 그가 해볼 수 있는 방법은
전무했다.

"이이……."

육 총관의 나갔던 얼이 돌아와 현실을 인지한 것 같았다.

분노는 곧 살기로 변해 흑광을 향해 뻗었다.

퍽!

흑광은 눈을 감고 최후를 기다리다 낯선 소리를 들었다.

이미 얼굴을 뚫고 휘저었어야 하는 육 총관의 손이 느껴지지 않았다.

천천히 흑광의 눈이 떠졌다.

'오셨습니까, 주군.'

손을 내리고 천천히 연무장으로 들어서는 청년.

그는 무백이었다.

범격과 아한선생은 연무장으로 들어서는 무백을 보고 이채를 발했다.

하얀 피부에 잘생겼다는 말이 부족할 정도의 미남이 무영신권일 줄은 생각지도 못했다는 표정들이었다.

슥—

무백이 한 걸음 앞으로 움직였다.

아직은 멀쩡한 이십여 명의 사람들 얼굴에 안도의 기색이 떠올랐다.

"소문대로 애송이로구나."

범격이 자리에서 일어났다.

육 총관이 어떻게 당했는지 무백이 내린 손을 보고 알게 된 것이다.

육 총관은 한쪽에서 부하들의 부축을 받으며 구멍 난 손을 지혈하고 천을 찢어 감싸고 있었다.

'뭐지, 저것들의 표정은?'

아한선생은 범격과 달리 움직이지 않았다.

무백의 등장과 동시에 아한선생의 기준에선 버러지만도 못한 것들의 눈에 안도의 빛이 흘렀다.

"잡초를 뽑던 녀석들 중 넷이 죽었습니다. 나머진 무사합니다, 주군."

흑광은 덜덜 떠는 몸으로 자리에서 일어나 무백을 향해 허리를 접었다.

조금 전과는 판이하게 다른 모습이었다.

주군을 모시는 여느 충신 못지않은 당당함이 행동에 실려 있었다.

"앉아!"

철혈문의 무인들 중 한 명이 일어난 흑광을 향해 발길질을 했다.

퍽!

"끄악!"

흑광에게 발길질을 하던 무인이 허공에 떠올랐다가 바닥으로 처박혔다.

그의 발엔 구멍이 나 있었다.

육 총관의 손에 구멍을 냈던 것과 꼭 같았다.

이번에도 무백이 손을 쓴 것이다.

나가떨어진 동료의 모습에 철혈문도들은 일제히 도를 뽑아들며 무백을 공격하려 했다.

"강가장의 식솔들이 전각 안으로 무사히 들어갈 때까지 그 자리에서 한 발자국이라도 움직이는 자는… 죽는다."

철혈문도들이 움직이려 할 때 무백의 나직한 음성이 연무장을 휘감았다.

언제고 임촌 뒷골목에서 사용했던 일곱째 의형 동악의 만통이다. 무백이 알고 있는 음공 중 소리만으로 공포를 느끼게 하는 데에 이보다 뛰어난 수법은 없었다.

철혈문도들은 도를 든 채 누구 한 사람도 움직이지 못했다. 육 총관은 손을 다친 줄도 모르고 움직임을 멈췄다.

소리는 무공고하를 막론하고 뇌로 직접 전달된다. 준비를 하지 않았다면 고수 역시 만통에 당할 수밖에 없게 되는 것이다.

철혈문도 오십여 명이 그 자리에서 굳었다.

움직이는 순간 어디선가 화살이 날아와 그들의 심장을 관통시켜 버릴 것 같은 위협이 느껴진 까닭이다.

'말 한마디에 꼼짝도 안 해?'

범격은 눈앞에서 벌어진 황당한 상황을 믿을 수가 없었다. 다른 무언가가 있는지 무백의 주위를 샅샅이 훑어봤으나 조력자도 없었다.

"너무도 어처구니가 없어서 말도 나오지 않는구나. 부하들은 보잘 것없는 나부랭이들인데 네놈은 황당할 정도로 강해."

아한선생은 다가오는 무백을 노려보며 이를 갈았다.

무백에게 제자 익제붕이 죽었다는 것을 확신할 수 있었기 때문이다.

"놈들이 도망가잖느냐, 잡아!"

범격의 명령이 떨어졌음에도 움직이는 철혈문도는 한 명도 없었다. 이내 연무장 중앙엔 한 명도 남아 있지 않게 됐다.

범격은 기가 막혀 헛웃음을 터트렸다.

"갈!"

범격의 입에서 내공이 실린 호통이 터졌다.

그제야 철혈문도들은 범격을 돌아봤다.

"놈이 도망가지 못하게 포위해라."

"한 가지만 묻자."

무백은 철혈문도의 포위를 벗어날 생각도 하지 않고 범격을 똑바로 쳐다보며 입을 열었다.

"왜 이곳을 노리는 거지?"

무백의 목소리는 매우 진지했다.

범격은 웃으며 코웃음 쳤다.

"그건 네가 더 잘 알겠지."

"내가? 난 잘 모르겠는데?"

"큭. 그럼 계속 모르겠군. 어차피 오늘부로 이곳은 흔적도 없이 사라질 테니까."

범격이 비웃음을 실어 대답했다.

무백이 고개를 절레절레 흔들며 입을 열었다.

"너도 모른단 소리군."

"너?"

계속되는 무백의 하대에 범격의 얼굴은 벌게졌다.

"되도록이면 손을 쓰고 싶지 않았으나 화를 자초하니 어쩔 수 없다. 부디 내세엔 좋은 일에 힘쓰길 바라마."

"……?"

범격이 무백의 말을 이해하지 못하고 미간을 찌푸렸다.

"카카카! 노부 육십 평생 너 같은 놈은 처음 보는구나. 현 강호에 뉘 있어, 범 문주를 앞에 두고 그따위 소릴 지껄일까. 무영신권, 네놈을 강시로 만들어 평생 끌고 다니며 사용해야겠다."

아한선생은 자리에서 일어났다.

범격이 무백의 상대가 되지 못한다고 생각한 것이다.

"잠시 기다려 주십시오, 아한선생."

범격이 아한선생을 막아섰다.

아한선생의 한쪽 눈썹이 치켜 올라갔다.

"놈은 제가 처리하겠습니다."

범격의 눈이 차갑게 가라앉았다.

아한선생은 범격을 딱한 눈으로 쳐다봤다.

그가 일부러 나선 것은 범격이 무백의 상대가 될 수 없음을 알고 도와주려 한 것이다.

"범 문주, 조심하게."

아한선생이 순순히 물러나 주었다.

아한선생과 범격이 얘기를 나누는 사이, 연무장엔 묘한 분위기가 형성됐다.

오십여 명이나 무백을 에워싸고 있었음에도 그들 중 누구도 무백과 눈을 마주치는 자가 없었다. 무백의 전신에서 뻗어 나온 기세에 주눅이 들었기 때문이다.

"너희 둘 정도면 강가장 식솔들이 무공을 익히지 않았다는 것을 알 텐데, 어째서 손을 썼지?"

무백은 철혈문도들은 신경도 쓰지 않고 단 위의 아한선생과 범격을 향해 물었다.

"그게 어쨌다는 거지? 셋이 아니라 전부 죽일 거다. 네놈을 포함해서."

범격이 코웃음 치며 대답했다.

그러자 사방에서 조소가 날아왔다.

"무공도 모르는 사람을 죽인 자에게 자비를 베풀 필요는 없겠지. 이 자리에 있는 그 누구도, 돌아갈 생각은 하지 마라."

말을 마친 무백은 장내를 둘러본 후 말을 이었다.

"흑광, 모두 바닥에 엎드려 귀를 막으라고 해라."

무백의 목소리가 낮게 가라앉았다.

"예, 주군!"

전각 안으로 들어간 흑광은 조심스럽게 내다보다 벌떡 일어나 대답했다.

"뭐해? 주군 말씀 못 들었어? 모두 귀 막고 엎드려. 어서!"

흑광의 다급한 명령에 사람들은 일제히 바닥에 엎드려 귀를 막았다.

불편한 자세 때문에 피가 앞으로 쏠리고 호흡이 거칠어졌으나 누구 한 사람도 고개를 들진 않았다.

철혈문도 오십여 명이 무백을 두 겹, 세 겹으로 에워쌌다.

범격이 천천히 도를 든 채 단을 내려왔다.

무백은 아직도 앉아 있는 아한선생을 쳐다봤다.

왜 내려오지 않느냐는 눈이었다.

"카카카. 재미있구나, 재미있어!"

아한선생은 무백의 시선을 읽고 파안대소를 터트렸다.

무백의 자신감만큼은 강호일절이라 해도 될 것 같았다.

그러나 강호는 자신감만으로 살 수 없는 곳이다.

"죽여라!"

범격이 짧게 외친 후 그의 애병인 철혈도를 쥐고 몸을 날렸다.

무백이 막 손을 쓰기 직전, 강가장 중앙전각 뒤로 인영 하나가 스며들듯이 들어왔다.

싸움이 벌어지면 순식간에 상황은 끝이 날 테고 그에게 주어진 임무를 수행해야 하기 때문이다.

'지원군을 보내달라고 했더니 반야금강의 뒤처리나 맡기고. 각주는 나, 독웅의 가치를 몰라도 너무 모른다.'

독웅은 속으로 불만을 터트리면서도 부지런히 움직여 생각해 둔 곳에 도착했다.

도망칠 때 전각 뒤보다 눈에 띄기 쉬운 장소인 연무장 오른쪽 담 아래였다.

'어디 젊은 청년이 얼마나 버티나 구경이나 해볼까?'

독웅이 담에 난 틈으로 눈을 갖다댔다.

'응? 어디 갔지?'

독웅은 연무장 중앙에 당연히 있을 줄 알았던 무백의 모습이 보이지 않자 주위를 둘러보다 철혈문도들의 시선을 보게 됐다.

'위?'

독웅의 시선이 위를 올려다봤다.

무백의 신형이 무섭게 아래로 내리꽂히며 땅과 충돌을 일으켰다.

쾅!

연무장이 일순 물결치듯 출렁이며 단단한 돌들을 사방으로 내뱉었다.

튄 돌에 맞은 철혈문도는 그 자리에서 목숨을 잃거나 혼절해 쓰러졌고 뒤쪽에 있던 자들은 덮쳐 오는 흙에 밀려 물러서기 바빴다.

무백이 자리에서 사라졌다.

쉭—

바람을 가르는 소리와 함께 뒤쪽 철혈문도 옆에 모습을 드러낸 무백은 목을 툭, 쳤다. 그것만으로도 철혈문도는 저항을 할 수 없는 상태가 됐다.

십여 명을 계속해서 제압하던 무백의 시선이 옆으로 돌아갔다.

"멈춰라!"

다급한 외침과 함께 기파가 다가왔다.

철혈구도(鐵血九刀).

범격이 평생 동안 익힌 도법이다.

그 어떤 무기와 부딪쳐도 밀리지 않을 정도로 묵직한 힘이 담긴 중도(重刀)이기에 권장박투를 쓰는 무백으로선 상대하기 곤란할 수 있었다.

무백은 범격의 도기를 막을 생각도 않고 지켜봤다.

그 모습에 범격은 자신을 갖고 더욱 강하게 도를 휘두를 수 있었다.

슬쩍, 무백이 주먹을 뻗는 모습이 보였다.

쾅!

범격은 묵직한 충격과 함께 튕겨진 자신의 도를 쳐다봤다. 믿어지지 않는 광경이었다.

무백이 한 행동이라고는 다가오는 도를 향해 주먹을 슬쩍 내뻗은 것이 전부였기 때문이다.

그것만으로도 범격은 허공에서 뒤로 밀려나고 말았다.

무백의 시선이 범격을 향했다.

범격은 심장이 덜컥 내려앉는 기분이 들었다.

그의 상대가 아니었다.

도기를 주먹만으로 상대하기 위해선 손 전체를 특별한 기운으로 감싸야 한다. 그래야 베이지 않을 것 아닌가? 헌데 그것을 지금 눈앞의 애송이가 해낸 것이다.

'고수다!'

범격보다 강한 고수였다.

익힌 무공의 성질에 의해 좌우되는 정도의 차이가 아니었다. 그것을 인정하자 무백의 전신에서 일어나고 있는 기세를 느낄 수 있었다.

범격은 무백을 공격하던 도를 가슴 앞으로 모았다.

쉬—

무백이 움직이는 것을 봤으나 그것은 잔상일 뿐 실체는 어느새 범격의 코앞까지 다가와 있었다.

탄회하를 보법으로 바꿔 펼친 것이다.

쾅!

무백의 주먹을 도신을 세워 막으려 했으나 손아귀가 떨어져 나갈 것 같은 충격은 고스란히 전해졌다.

'어떻게 이런 일이 가능한 거지?'

도의 날을 때렸으면서도 무백은 상처 하나 나지 않았는지 또다시 주먹을 뻗어왔다.

사냥당하는 느낌.

그의 도에 죽어간 수많은 사람들이 어떤 기분이었을지 처음으로 알 수 있었다.

철혈도를 휘두르고 싶어도 선기를 제압당한 상태에선 막는 것만으로 급급했다.

'아래!'

범격이 이번엔 아래를 향해 도를 내렸다.

쾅!

붕—

범격의 신형이 떠올랐다. 스스로의 의지에 의한 것이 아니라 무백의 권격에 맞아 그렇게 된 것이다.

어깨가 빠질 것 같은 충격에 이어 전신이 갈가리 찢길 것 같은 고통이 이어졌다.

손만 뻗으면 전신을 난자할 수 있는 거리였으나 생각만으로 그 거리는 좁혀지지 않았다. 아니, 좁혀질 리가 없었다.

훙—

무언가 또 다가오고 있었다.

'조금 전의 그게 끝이 아니었다고?'

허공에 뜬 상태에서, 거의 무방비라 해도 과언이 아닌 자세로 공격을 받아내야 한다.

쾅!

"컥!"

범격은 단말마와 함께 쭉 날아갔다.

퍽!

박힌 곳은 연무장 위쪽의 단이었다.

뭘 해보고 말고도 없었다.

벽에 박힌 범격의 전신을 향해 이리 떼와 같은 권격이 이어졌기 때문이다.

퍼버버버벅!

합작에선 대항할 자가 없다던 철혈문주 범격의 마지막 모습은 너무도 어처구니없이 끝나고 말았다.

"후우……."

무백은 손을 거두며 짧게 숨을 내쉬었다.

빙글.

무백의 신형이 뒤로 돌아 남아 있는 철혈문도들을 처다봤다.

"사, 살려……."

문주가 처참히 벽에 박혀 죽어가는 모습을 지켜본 그들로선 전의를 상실한 채 무릎을 꿇을 수밖에 없었다.

그들의 눈에 비친 무백은 전신(戰神)이었다.

절레절레.

무백이 고개를 가로저었다.

살려주지 않을 것이란 뜻이다.

그들을 죽이지 않아도 상관은 없겠지만 그럴 경우 이들이 또 다른 누군가를 불러올 것이기에 어쩔 수 없었다.

무백은 주먹 쥔 손을 풀었다.

저들에게 탄궁일권을 사용하는 것은 과했다.

핏.

열 개의 손가락을 일제히 튕겼다.

그들을 향해 튕긴 것도 아니었다.

장난치듯이 제자리에서 허공을 향해 손가락을 뻗었다가 이내 거두어들였다.

이제 남은 자는 붉은 건을 쓰고 있는 노인이었다.

"하나 남았군."

무백은 아한선생을 향해 돌아섰다.

"권만 사용할 줄 알았더니 특이한 수법도 쓸 줄 아는구나?"

아한선생은 무백의 손가락에서 뻗어나간 지력(指力)이 살아남은 철혈문도의 두개골을 깨뜨리는 걸 모두 지켜본 후에야 자리에서 일어났다.

'범 문주를 일방적으로 몰아붙일 정도의 무공에 남은 자들을 처리하는 차가운 독심까지. 무서운 놈이 이런 좁은 곳에 웅크리고 있었구나.'

아한선생은 웃었다.

익제붕이 이런 놈에게 죽었다고 생각하니 납득이 될 수밖에 없었다.

"아주 오래전에 그런 권격에 대한 얘길 들은 기억이 있다. 일권에 반경 십 장을 초토화시켰다던가? 이곳을 찾은 이유가 그 때문인가?"

아한선생이 혼잣말을 하며 단을 내려왔다.

무백의 표정이 변했다.

일권에 반경 십 장 안을 초토화시킬 수 있는 사람.

강대기가 아니고 누구겠는가.

강호에 나와 처음으로 듣는 강대기의 얘기에 웃음이 나왔
다.

"웃어? 노부의 말이 맞는다는 거군. 하도 오래전에 들은 기
억이라 잊고 있었다가 네 권을 보고 떠올랐다. 그와는 무슨
관계지? 사제지간이라고 하기엔 너무 젊고, 비전이라도 얻은
게냐? 그래서 이곳을 돌려주려고?"

금율에게 무백이 담문에 대한 얘기를 했을 때와 같은 반응
을 보이고 있었다.

비전이란, 죽은 사람이 자신의 성취를 글이나 도식으로 남
긴 것을 말한다.

무백의 입가엔 웃음이 떠나지 않았다.

"탄궁일권이다."

무백이 단을 거의 다 내려온 아한선생을 향해 입을 열었다.

"음?"

"네가 말했던 분의 무공. 탄궁일권이다."

"그래, 그렇게 불렀던 것 같기도 하구나. 금지된 무공 중
하나."

아한선생은 크게 놀라지 않았다.

그러나 무백의 표정은 눈에 띌 정도로 굳었다.

잠우란 자에 이어 같은 말을 또 들었기 때문이다.

금지된 무공.

뭔가 이상했다.

군림회란 곳은 사파이고 와룡문이란 곳은 정파라고 하는데 어찌 의형님들의 무공을 똑같이 금지된 무공이라고 하는 것일까?

"금지된 무공이라. 도대체 누가 그런 걸 정했지?"

무백은 냉정을 되찾고 태연히 물었다.

"누가? 글쎄. 위에서 그렇다고 하니 그런가 보다 했지. 사실 그런 말들, 별 관심은 없다. 다시 한 번 보여 주겠느냐, 탄궁일권?"

"얼마든지."

"노부 정도쯤 되면 한 번 본 무공에 쉽게 당하지 않는 건 알고 있지?"

"하하하!"

무백이 갑자기 큰 소리로 웃음을 터트렸다.

저 소리를 강대기가 들었다면 무슨 말을 해주었을까?

"닥치고 받아내기나 해."

"카카카. 좋아, 아주 좋아. 그 말이 내 아기들에게도 통할지 보자꾸나. 아기들아, 나와라!"

아한선생은 소매에서 방울을 꺼내들더니 흔들었다.

딸랑! 딸랑!

방울이 흔들리자 아한선생의 주위로 여섯 개의 인영이 모습을 드러냈다. 붉은색 옷을 입은 인영들은 무기도 없이 맨손인 상태였다.

쉭―

앞쪽에 있던 인영이 아무런 예비동작도 없이 무백을 향해 날아왔다.

무백은 슬쩍 몸을 비켰다.

인영이 그대로 무백을 지나쳐 뒤쪽에 가서 섰다. 다른 인영들 역시 무백을 공격한 후엔 각기 정해진 방향에 가서 섰다.

아직 아한선생의 곁엔 둘이 더 있었다.

"그 아이들은 생강시다. 살아 있는 상태에서 강시가 된 것이지. 그 아이들의 몸에 상처를 낼 수 있는 것은 아무것도 없다."

'강시. 이지가 없는 마물들로 약물에 의해 도검불침의 신체가 된다던 그것인가?'

무백은 강시에 대해 들어본 적은 있지만 직접 본 것은 처음이었다.

체내에 온기가 전혀 느껴지지 않았고 퀭한 동공은 어디를 보고 있는지 알 수가 없었다.

쉭—

무백의 등 뒤에 있던 강시가 소리 없이 다가왔다.

아무리 소리를 내지 않는다고 해도 무백의 귀를 속일 순 없었다.

무백이 빙글 돌아서며 강시를 때렸다.

쾅!

묵직한 굉음과 함께 강시가 연무장을 가로질러 전각 벽을 뚫고 사라졌다.

"너무 과신하진 않았으면 좋겠군."

무백이 단 위의 아한선생을 돌아봤다.

아한선생은 강시가 일군에 나가떨어질 줄은 몰랐다는 듯 미간을 찌푸렸다. 허나 그것뿐이었다.

딸랑딸랑.

방울이 흔들렸다.

쉬쉭—

이번엔 강시 세 구가 동시에 움직였다.

무백은 웃었다.

하나나 셋이나 영혼 없이 움직이는 허수아비들 따윈 똑같은 것이다.

쾅! 쾅! 쾅!

세 번의 폭음과 함께 연무장엔 무백 혼자만 남아 있었다.

사방으로 튕겨진 강시들이 담과 전각의 벽을 허물며 모습을 감췄다.

"박력 하난 끝내 주는구나!"

아한선생은 강시를 날려 버린 무백에게 찬사를 아끼지 않았다.

"이제 둘 남았군."

"둘? 아까 보지 않았더냐? 애들은 여섯이다."

아한선생은 무백의 말이 무슨 뜻인지 모르겠다는 눈으로 말했다.

"넷은……."

무백은 말을 하다 멈추고 어딘가를 쳐다봤다.

가장 먼저 날려 버렸던 강시가 전각 안에서 걸어 나왔고 각기 다른 곳에 처박혔던 강시들 역시 조금도 상처 입지 않은 모습으로 걸어 나오고 있었다.

"그 정도로는 내 애기들 몸에 상처도 내지 못해."

아한선생의 눈이 지독히 차가워졌다.

"그런가?"

무백은 순식간에 원래 위치로 돌아온 강시들을 돌아봤다. 철벽도 부숴 버리는 무백의 일권에 맞고도 멀쩡하다면 생각을 좀 달리해야 했다.

"내 제자는 왜 죽였느냐?"

아한선생이 뜬금없는 질문을 했다.

"제자?"

"익제붕. 그 아이가 내 제자였느니라."

"처음 들어보는 이름이다."

"삼 일 전! 네가 죽여서 철혈문에 던져 놓은 녀석이라고 해야 기억을 하겠느냐?"

"삼 일 전? 철혈문?"

"기억이 나느냐?"

"전혀."

"갈!"

아한선생의 눈에서 살기가 줄기줄기 뻗어 나왔다.

"익제붕? 그런 사람도 모르고 철혈문엔 간 적도 없다. 나는 거짓말은 하지 않는다."

'뭐야, 저 표정?'

아한선생은 무백의 대답에 조금도 거짓이 없음을 느낄 수 있었다.

잠시 무백과 아한선생의 시선에 불꽃이 튀었다.

무백이 거짓말을 했건 안 했건 이대로 손을 거둘 순 없었다.

아한선생의 방울이 다시 들렸다.

무백은 아한선생의 의지를 읽었다.

슬쩍 전각을 돌아봤다.

"전각 안이 걱정되는 모양이구나."

아한선생의 눈빛이 달라졌다.

"하지 않는 게 좋아."

무백은 담담하게 말했다.

"저것들이 죽으면 죄책감 정돈 가지려나?"

아한선생이 강가장의 식솔들이 숨어 있는 전각을 돌아보며 의미심장한 웃음을 흘렸다.

딸랑딸랑.

방울이 흔들렸다.

무백을 포위하고 있던 강시 네 구가 일제히 전각을 향해 움직였다.

쾅!

가장 늦게 움직인 강시의 몸이 바닥으로 뚝 떨어졌다.

무백의 발에 밟힌 것이다.

무백의 신형은 곧장 우측에 있는 강시를 향해 폭사됐고 곧장 손을 뻗었다.

잘 움직이던 강시가 갑자기 한쪽으로 기울어지는 것 같더니 이내 전각과는 전혀 다른 방향으로 날아갔다.

여의수라인(如意修羅刃).

다섯째 의형 방진옥의 절기였다.

어떤 상황에서도 칼날을 날릴 수 있다고 해서 붙여진 이름으로, 조금 전에 철혈문도들을 일시에 처리할 때 사용했던 무공이다.

무형의 기를 유형화시켜 날린 칼날.

도검불침인 강시의 다리조차 잘라 버린 것이다.

아직도 두 구가 남았다.

저 두 구가 전각 안으로 들어가는 순간 아비규환이 일어날 것은 불을 보듯 뻔했다.

무백은 짧게 호흡을 들이마셨다.

순간, 무백의 신형이 허공에서 사라지며 전각 벽에 등을 기댄 채 나타났다.

"이형환위(異形換位)!"

아한선생은 상황을 지켜보다 자신도 모르게 부르짖었다.

무백이 보여준 광경은 인간이 낼 수 있는 속도가 아니었다. 강시들보다 늦게 움직여서 강시 한 구를 처리한 뒤 나머지 두 구보다 먼저 전각에 도착한다?

아한선생의 상식으론 일어날 수 없는 상황이었다.

눈 깜짝할 사이에 위치를 바꾼 무백은 강시 두 구를 향해 힘껏 주먹을 뻗었다.

"아……."

아한선생은 그 모습에 할 말을 잃고 말았다.

수백 개의 주먹이 나온 것도 아니고 그저 일권이었다.

거대한 주먹 형태가 강시 두 구를 한꺼번에 때렸다.

"피, 피해!"

쾅!

아한선생이 명령을 내리기도 전에 격돌이 일어났다.

설명은 길었지만 한 호흡도 안 돼서 일어난 일이었다.

아한선생은 흩어진 강시들을 부를 생각도 못하고 멍한 표정을 짓고 말았다. 허나 그 표정은 오래 가지 못했다. 전각을 등지고 있던 무백이 또다시 모습을 감췄기 때문이다.

"마, 막아!"

아한선생은 무백이 어디서 나타날지 몰라 방울을 마구 흔들며 강시 두 구를 조종하려 했다. 허나 강시들을 조종하기 위해선 목표가 분명해야 한다. 그들이 보지 못하는 것을 아한선생이 보고 명령을 내려야 하는 까닭이다.

턱.

"……!"

아한선생의 행동이 멈췄다.

그의 뒷목을 누르는 손.

돌아보지 않아도 무백이란 것을 알 수 있었다.

"스스로 움직이지도 못하는 마물 따위로는 나를 막을 수 없다."

"……!"

아한선생은 단순한 목소리가 얼마나 강한 공포심을 주는지 처음으로 깨닫게 됐다.

그의 모든 움직임이 목을 잡고 있는 무백의 손을 통해 전해질 것이다.

꼼짝할 수도 없었다.

"이, 이건 꿈이야. 생강시 여섯 구라면 문파 하나를 쓸어버릴 수 있어. 이건 꿈이야. 꿈……."

아한선생은 현실을 인정하지 못했다.

시독을 이용해 만든 그의 신체는 도검불침이었고 내공 역시 절정고수라 해도 될 정도로 심후했다. 그런 그가 손 한 번 제대로 써보지 못하고 목을 내준 것이다.

"이러면 현실이란 걸 인정할까."

퍽!

"어?"

아한선생은 자신의 옆구리를 내려다봤다.

하얀 손.

무백의 손이 그의 옆구리를 뚫고 나와 있었다.

옆구리를 타고 흐르는 검붉은 선혈.

그의 몸에서 피가 흐르고 있었다.

도검불침인 그의 몸이 뚫린 것이다.

"내겐 여러 의형들이 계신다. 그분들 중 다섯째 의형의 여의수라인이라고 하는 것인데, 탈백수(脫魄手)라고도 부르지."

"타, 탈백… 아, 아직… 아, 아가들… 컥!"

아한선생은 동귀어진의 수법으로 무백과 함께 죽으려 했으나, 명령을 내릴 수 없게 됐다.

그의 등을 뚫은 무백의 손이 쭉 올라가 쇄골을 뚫고 나왔기 때문이다.

파학!

피가 사방으로 튀었다.

무백의 발밑에 찢어진 아한선생의 몸이 널브러졌다.

강시들은 움직이기 위해 몸을 굽혔다가 그대로 굳었다.

무백이 천천히 강시들에게 다가갔다.

숫!

강시 한 구의 머리가 목과 깨끗하게 분리됐다.

주먹으로 때릴 때는 꿈쩍도 않던 강시의 목이 너무도 쉽게 잘려 나갔다.

여의수라인에 의한 결과였다.

나머지 다섯 구의 머리도 쉽게 잘려 나갔다.

강시의 몸이 아무리 단단해도 강기로 이루어진 여의수라인에 대항할 수는 없는 것이다.

목이 잘린 강시들은 몸 안에 있던 독액을 쏟아내곤 서서히 한 줌의 액체로 화하고 말았다.

연무장에 정적이 찾아왔다.

천천히 무백의 시선이 오른쪽 담장으로 향한 것도 그때였다.

"아직 한 명이 남았군."

第八章 강가 장의 후손

담장 아래.

시금까지 연무장에서 일어난 모든 싸움을 지켜본 독웅은 숨을 멈춘 채 검은 동공을 마구 굴려댔다.

말도 안 되는 싸움이었다.

범격과 아한선생이 어떤 고수인지 잘 아는 독웅이기에 직접 눈으로 봤음에도 믿어지지 않았다.

해야 할 임무조차 잊게 만드는 엄청난 광경이 아닐 수 없었다.

'저런 자가 왜 이런 곳에 있는 거지?

독웅은 몇 번이나 도망치고 싶었으나 무백의 신위를 보곤 그 자리에서 꼼짝도 하지 못했다. 혹시라도 그의 기척을 감지하기라도 하면 죽은 목숨이기 때문이다.

최대한 안정을 취해야 한다.

숨을 멈추고 그 어떤 체취도 내보내지 않은 채 담과 하나가 됐다.

그런 그의 귀로 무백의 한마디가 들린 것이다.

"아직 한 명이 남았군."

독웅이 숨은 곳을 돌아보며 한 말이니 들킨 것이다.

잠시 고민하는 사이, 독웅을 향해 무언가 날아왔다.

직접 본 것이 아니라 감이 그랬다.

독웅은 전력을 다해 몸을 옆으로 굴리며 피했다.

퍽!

벽을 뚫고 나온 것은 도(刀)였다.

발로 찼든지 던졌든지 했을 것이다.

팟.

비각 십대고수가 되어 안 다녀본 곳이 없던 그였다.

신법이라면 누구에게도 뒤지지 않을 자신이 있었다.

전력을 다해 바닥을 박차고 허공을 갈랐다.

텅 빈 공간을 유유히 나는 새라도 되는 양 그의 신형은 빠르게 허공을 갈랐다.

독웅이 숨어 있던 담장 위에 내려선 무백은 거리를 가늠해 보았다. 그리고는 손을 들어 담장에 박힌 도를 끌어당겼다. 도는 줄이라도 매어져 있던 것처럼 무백의 손으로 빨려 들어 갔다.

도가 손에 들어오자마자 무백은 힘껏 독웅을 향해 던졌다.

쾌액—!

도가 뻗어나간 것과 동시에 무백의 신형도 담장 위에서 모습을 감췄다.

독웅이 알고 있는 범격이나 아한선생은 저런 식으로 쉽게 죽을 사람이 아니었다.

무백의 나이는 많아 봐야 이십 대였다.

그 나이에 범격과 오십여 명의 철혈문도를 몰살시킨 것도 놀랐지만, 아한선생과 여섯 강시를 가지고 논 것은 가히 충격에 가까운 일이었다.

'각주보다 강한 자를 보게 될 줄이야. 최대한 멀리 도망가야 한다. 내게 왜 이런 걸 시켜, 각주 이 빌어먹을 자식아!'

독웅이 이번 일을 맡은 이유는 간단했다. 아직 해결하지 못한 잠우의 죽음을 조사하기 위해서였다.

잠우를 청번과 함께 땅에 박아버린 자.

그를 찾기 위해 조사를 하던 차에 목하진에게서 연락이 온 것이다.

태양문으로 가서 한 사람을 금가장으로 유인하라.

목하진에게서 온 연락은 그것이 전부였다.

범격이 아한선생과 함께 태양문을 쳐들어왔을 때만 해도 이런 일이 일어날 줄은 꿈에도 몰랐다.

쾌에엑—

뒤쪽에서 파공음이 들렸다.

독웅은 재빨리 고개만 돌려 파공음의 정체를 찾았다.

"헉!"

그의 입에서 다급한 음성이 터졌다.

그를 향해 일직선으로 날아오는 것은 도였다.

태양문의 담은 이미 손가락 한 마디도 되지 않았다.

'저 거리에서 도를 던진 거라고?'

독웅은 허공에서 허리를 뒤틀고 천근추를 시전해 몸을 아래로 떨어뜨렸다.

콰웅—!

도가 그의 머리 위를 무서운 속도로 지나갔다.

"휘유……."

독웅은 살았다는 안도의 숨을 내쉬려다 그럴 여유가 없다는 것을 깨닫고 다시 내달리려 했다.

"어? 헛!"

또 다른 무언가가 그를 향해 날아오고 있었다.

호기심에 잠시 지체한 것이다.

그러지 말았어야 했다.

다가오는 것의 정체.

말도 안 되는 속도로 평지를 미끄러지며 다가오는 것은 바로 무백이었다.

누군지 알았다고 여긴 순간 무백의 신형은 이미 그와 얼마 떨어지지 않은 거리까지 좁힌 상태였다.

'어, 어떻게 하지?'

독웅은 무백을 죽이려면 어떻게 해야 하는지 자신이 알고 있는 모든 수법을 떠올려 봤다.

그의 품엔 약 삼십여 가지의 독물이 있다.

독이 통할까?

자신할 순 없지만 머뭇거리고 있을 수만은 없었다.

은밀하게 독웅의 손가락이 자신의 품으로 들어갔다.

잠깐 고민하는 동안 무백은 독웅와 오 장여의 거리를 두고 멈춰 서 있었다.

"은신해 있던 걸 보면 저들과 한패는 아닌 것 같고. 왜 숨

어 있었는지 말해주겠나?'

무백의 질문에 독웅은 불안한 눈동자를 쉴 새 없이 움직였
다. 대답을 하는 쪽이 나을지 마음먹은 대로 공격하는 것이
나은지 고민하는 것이다.

"저들과 한패가 아니라면 죽이고 싶진 않다."

살려준다는 말에 독웅의 눈이 커졌다.

"왜 숨어 있었지?"

'둘러댈까?'

독웅이 범격과 아한선생과 한패가 아님을 증명할 수 있었
다. 허나 숨어 있었던 이유는 뭐라고 한단 말인가? 또, 거짓말
을 한다고 해서 통할 상대 같지도 않았다.

"아한선생을 다른 곳으로 유인하려 했소."

최대한 사실에 근접하도록 둘러대는 쪽을 선택했다.

"어디로?"

"그것까지 말해야 하오?"

"······."

"···천양이오."

"천양?"

"금가장이란 곳으로 유인하려 했소."

"······!"

무백의 표정이 굳어졌다.

'뭔가 잘못됐다.'

무백은 금가장을 알고 있는 것이다.

독응은 바짝 긴장해 마른침을 삼켰다.

무백이 독응을 빤히 쳐다봤다.

'저들은 군림회의 무리인데, 그런 자들을 금가장으로 유인하려 했다? 이자는 잠우란 자와 한패구나. 그렇다면 저들을 유인한 것도 이자?'

무백은 아한선생이란 자가 왜 자신의 제자를 죽였냐고 물었던 것을 기억해냈다.

"아한선생이란 자의 제자를 죽이고 내가 한 것처럼 꾸민 쪽이군."

"······!"

독응의 얼굴에 놀라는 표정이 역력했다.

"군림회를 이용해 나를 죽이려 한 거야. 차도살인지계(借刀殺人計)인가? 게다가 거기서 그치지 않고 금가장까지 군림회와 엮으려 했고. 그럼 너는 와룡문이란 곳에서 나온 자인가?"

'이자··· 뭐지?'

독응의 몇 마디에 무백은 앞뒤 정황을 모두 꿰뚫었다.

"금가장. 내겐 매우 특별한 곳이다."

'이런 젠장! 가만, 이자··· 헉! 어째서 범격이 단에 박혀 죽

을 때 생각을 못했던 거지? 이자, 폐가의 그자다!'

독웅은 불현듯 잠우가 죽었던 모습을 떠올렸다.

청번을 가슴에 댄 채 땅에 박혀 죽었던 그 모습.

"다, 당신… 당신이지?"

독웅은 조금 전과 다른 눈빛으로 무백을 쳐다봤다.

확신이 담긴 눈빛이었다.

"나를 아나?"

무백은 독웅의 갑작스럽게 달라진 반응에 의아한 표정을
지었다.

"금가장 근처의 폐가!"

'잠우.'

무백은 눈앞의 큰 코 사내가 잠우와 관련이 있음을 깨달았
다.

좌악—

무백이 잠시 잠우에 대한 생각을 하는 순간, 눈앞이 희뿌옇
게 변했다.

"화혈참혼독(化血斬魂毒)이다. 그걸 맞고도 살 수 있다면
살아봐라!"

독웅은 이미 신법을 펼쳐 달아나고 있었다.

치이익—

독웅이 뿌린 화혈참혼독에 닿은 땅이 이글거리며 타들어

갔다.

그 뒤쪽.

무백은 독웅의 손이 품에서 나오는 순간 이미 신형을 뒤로 쭉 미끄러뜨린 후였다.

"갈 수 없다. 탄회하."

무백의 신형이 무지막지한 속도로 쏘아져 나갔다.

한 번의 도약으로 이십여 장이 압축됐다.

독웅이 전력을 다해 도망치고 싶다고 해서 마음대로 될 리가 없는 것이다.

무백은 단 두 번의 도약으로 독웅을 따라잡았다.

턱.

독웅은 막아야 한다는 생각도 못한 채 목을 내주고 말았다. 순간, 강가장에서의 싸움 한 장면이 떠올랐다. 환영처럼 아한선생의 뒤에 나타나 목을 잡던 무백이.

"……!"

독웅은 있는 힘껏 몸을 틀어 뿌리치려 했으나, 아한선생이 왜 목을 잡힌 채 옴짝달싹 못했는지 알게 됐을 뿐이었다.

무백이 움직이지 못하게 혈을 누른 것도 아닌데 전신이 무기력해졌다.

'아, 안 돼…….'

그의 눈에 확대되어 오는 물체.

하서회랑의 물 빠진 동굴 중 하나였다.

픽!

엄청난 충격이 그의 안면을 강타했다.

'젠장……'

벽에 얼굴이 박히며 독웅의 몸이 늘어졌다.

무백에게 목을 잡혔을 때는 이미 기의 운용이 불가능한 상태였기에 그렇게 최후를 맞이할 수밖에 없었다.

*   *   *

"너하고 너는 이것들을 실을 수 있게 준비하고, 너하고 너는 시체들 묻을 곳부터 알아봐. 그리고 설 부인께 식사 좀 준비해 달라고 하고."

흑광은 무백이 사라진 직후 사람들을 데리고 나와 연무장과 주변을 정리하기 시작했다.

강가장의 식솔들은 아무도 입을 열지 않았다.

흑광이 시키는 일만 열심히 했다.

귀 막고 엎드려 있으라고 했지만 밖에서 들리는 소리를 못 들었을 리 없었다.

'엄청나다. 임촌에서의 싸움은 애들 장난이야. 내가 과연 할 수 있는 일이 있을까?'

흑광은 실려 나가는 시체를 보며 근심 가득한 얼굴이 됐다. 무백에게 반권을 전수받았을 때는 일당백의 고수라도 된 것처럼 들떴으나 철혈문도 몇 명조차 감당하기 힘든 실력이었다.

툭. 툭.

제멋대로 솟아오른 연무장의 가장자리를 두드려 봤다.

땅은 진흙이 아니다.

단단했다.

힘껏 밀어봤다.

흑광의 손에 닿은 부위의 흙만 떨어져 나갔다.

"하아… 하아……."

숨이 가빠졌다.

흑광은 무기력한 자신에게 화가 났다.

마음에 드는 여자와 아들로 삼고 싶을 만큼 귀여운 녀석을 만났건만 두 사람을 위해 그가 할 수 있는 게 없었다.

"물 좀 드세요."

흑광이 실의에 빠져 있을 때 옆으로 다가온 설미가 바가지를 내밀었다.

흑광은 말없이 바가지를 받아들다 놀란 눈으로 주위를 둘러봤다.

"승아는 나오지 못하게 했어요."

"잘하셨네요."

흑광은 설미의 대답에 안심한 표정을 지을 수 있었다.

시체가 널브러져 있는 광경을 어린 허승이 볼 이유는 없기 때문이다.

"고마워요, 흑 대협."

"제가 한 건 아무것도 없는 걸요."

"저희를 지켜 주셨잖아요."

흑광의 입꼬리 한쪽이 보기 싫게 올라갔다.

자학하는 것이다.

"왜… 그러세요?"

"감사는 주군께 하세요."

흑광은 고개도 돌리지 않고 받아 든 바가지를 설미에게 돌려주었다.

설미는 바가지를 받아 들며 표정이 어두워졌다.

같은 장소에서 세 번이나 목숨의 위협을 받았지만 이번처럼 그녀를 챙겨준 사람은 없었다.

"제가 뭘 잘못했나요?"

설미는 용기 내어 물었다.

"예? 그럴 리가요. 그냥… 그냥 제가 못났다는 생각이 들어서 그런 거예요."

흑광은 깜짝 놀라 고개를 저은 후 다시 심드렁한 목소리를 냈다.

"그렇지 않아요."

설미가 고개를 좌우로 흔들었다.

흑광 덕분에 살았다고 여기는 그녀이기에 말도 안 되는 소리였다.

"그냥 그렇다는 거예요. 그만 들어가세요. 이러다 승아가 나오기라도 하면 어쩌려고요?"

이 와중에도 흑광은 허승을 챙기고 있었다.

설미는 처음으로 흑광에게 묘한 울림을 받았다.

흑광은 다른 남자들이 그녀를 보는 시선과 달랐다. 그것을 알기에 설미가 제일 먼저 바가지에 물을 담아 흑광을 챙겼던 것인지도.

"흑 대협께서 밖으로 나오면 안 된다고 하셨다니까 이불 덮고 누워 있어요."

"그래요? 녀석."

흑광이 피식 웃음을 흘렸다.

"흑 대협은 오늘 충분히 할 만큼 하셨어요. 덕분에 희생이… 적었잖아요."

"불쌍한 놈들이었어요. 저야 주군을 모시게 되어 할 일이란 걸 찾았지만 녀석에겐 그런 것도 없었거든요."

흑광이 다시 일어나 시체 치우는 일을 도왔다.

설미는 그런 흑광을 뒤에서 지켜보며 멍하니 서 있기만 했다. 그러다 소매를 걷어붙이고 사람들 사이에 끼어들었다.

"뭐하세요, 부인?"

흑광은 설미를 보고 깜짝 놀라 달려왔다.

"저도 도우려고요."

"그러다 다치면 우리 밥은 누가 하라고요? 좀 봐주세요. 이런 건 제가 쟤네와 할 테니 설 부인은 주방으로 가주세요."

흑광의 엄살에 그제야 설미는 어쩔 수 없다는 듯 주방으로 돌아갔다. 그런 설미의 뒷모습을 지켜보던 흑광의 귀로 낯익은 목소리가 들렸다.

"흑광, 나 좀 봐."

"예, 주군!"

흑광이 기겁을 하며 돌아서서 허리를 굽히자, 강가장 식솔들은 일하던 손을 멈추고 일제히 함성을 질렀다.

대전 안으로 들어온 무백은 심각한 표정이었다.

흑광은 허리를 숙인 채 무백이 말하길 기다렸다.

"세 명이 죽었다고?"

"예. 적이 무인인지 몰라보고 덤비다 그리 됐습니다. 잘 골라서 데려오라고 했는데……."

"어떻게 해야 할까?"

무백이 흑광의 말을 자르며 물었다.

"예? 무엇을……."

"이곳을 예전의 강가장으로 돌려놓으려 해. 내가 생각한 방법은 두 가지야. 하나는 현재의 강가장 식솔들을 강하게 만드는 거야. 그렇게 되면 희생이 크겠지. 오늘 같은 날 피하지 않고 싸우려 할 테니까. 다른 하나는, 내가 이곳을 떠나는 거야. 적이 나를 쫓아오면 자연히 강가장은 유지될 테니까."

무백은 자신의 생각을 짧게 설명했다.

흑광은 무백의 말을 듣고 쉽게 입을 열 수가 없었다.

강해지고 싶은 마음이야 굴뚝같았지만 무백의 말대로 싸우려 하고 이기려 할 것이다. 많은 수가 죽어나갈 것은 뻔했다.

하지만 지금처럼 아무것도 할 수 없는 상태로 산다?

그것은 더욱 마음에 들지 않았다.

"제가… 주군을 대신해 이곳을 지키면 안 되겠습니까?"

흑광은 그 말이 얼마나 허황된 것인지 잘 알면서도 이를 악물고 물었다.

"그렇게 될 거야. 나중에 이곳의 주인이 오면 도와줘야 하니까, 흑광은 강해지지 않으면 안 돼. 그리고……."

무백이 말을 하다 말고 생각에 잠겼다.

독웅이 금가장에 대해 말했을 때는 금가장이 걱정됐지만

그곳엔 미륵삼불해를 익힌 금율 부자와 빙궁의 고수들이 있다.

지금 신경 써야 하는 것은 강가장의 재건이다.

금가장에서 다른 의형님들의 후손을 찾을 수 있는 시간도 필요했다.

"세 달. 그 후엔 흑광이 이곳을 맡아 줘야겠어. 이곳의 주인이 올 때까지 말이야."

"알겠습니다."

흑광은 강가장의 주인이 강민, 턱이란 것을 눈치채고 있지만 묻지 않았다. 또, 무백이 왜 이곳을 재건시키려 하는지에 대해서도 마찬가지였다.

그에게 있어 무백의 명령은 곧 법이다.

법에는 이유가 없는 것이다.

"앞으론 흑 총관이라 부를 거야."

"감사합니다."

"세 달 동안 얼마나 강해질지는 흑 총관의 의지에 달려 있어."

"목숨을 걸겠습니다."

흑광이 비장한 표정으로 대답했다.

간단한 몇 마디 대화였으나 흑광으로선 평생 잡을 수도 없는 기회였다. 무인이 될 수 있는, 이곳으로 데려온 녀석들에게도 그와 같은 기회를 줄 수 있는.

"수련은 재정비 후에 시작해. 아, 이것."

무백은 품에서 전표 한 장을 흑광에게 건넸다.

은자 만 냥짜리 전표.

흑광은 눈이 휘둥그레져서 입을 쩍 벌렸다.

"알아서 준비할 수 있지?"

"무, 물론입니다."

"죽은 사람들의 가족은?"

"없습니다."

흑광은 최대한 담담하게 대답했다.

"자기 몸 하나 의탁하겠다고 온 사람일 수도 있겠지. 허나 만약이라도 부양할 가족이 있다면 흑 총관이 도움을 줬으면 좋겠어."

"…예."

흑광은 대답한 후 대전을 나왔다.

하서회랑의 휑한 바람이 장원 안으로 밀려들었다.

"감사합니다, 주군."

흑광은 밖으로 나오자 뻐근한 감정이 가슴을 밀고 올라오는 걸 느꼈다.

세 사람의 죽음은 흑광에겐 아픈 일이었다.

챙길 수 있게 돼서 너무도 다행스러웠다.

만 냥짜리 전표가 든 가슴을 두드리며 연무장으로 갔다.

'설 부인에게 물어볼 일이 많을 것 같군. 만 냥이라니… 정말로 만 냥짜리 전표가 존재했어.'

흑광은 피식피식 웃음이 나왔다.

만 냥을 결제할 사람이 됐다는 사실이 믿기지 않아서였고, 그 얘길 설미와 나누게 됐다는 사실이 기분 좋게 했기 때문이다.

세 달.

그의 다리를 고쳐준 것만으로도 감사한데, 무공까지 제대로 가르쳐 주겠다고 한다.

가슴이 미친 듯이 뛰었다.

십 대 때 꾸던 꿈을 나이 마흔이 넘어서야 시작하게 된 것이다.

*   *   *

커다란 반지가 위아래로 움직인다.

목하진은 창밖에 시선을 던진 채 골몰하고 있었다.

독웅에게서 연락이 끊긴 지 삼 일이 지났다.

벌써 금가장으로 아한선생을 유인했어야 하는 독웅이 감쪽같이 사라진 것이다.

"실패라니."

목하진의 입에서 신경질적인 목소리가 튀어나왔다.

"태양문으로 범격과 아한선생이 들어가는 것을 본 사람은 있지만 나오는 모습은 아무도 못 봤다고 합니다."

반야금강이 어두운 안색으로 대답했다.

아한선생의 제자 익제붕을 권으로 때려죽인 뒤 철혈문에 던져 놓았다. 철혈문은 목하진의 의도에 조금도 어긋나지 않고 아한선생을 불렀고 함께 태양문으로 간 것이다.

그때까지만 해도 반야금강은 일이 틀어질 줄은 상상도 하지 못했다.

"무영신권이라고?"

"사람들이 그렇게 부른다고 합니다."

"독웅의 흔적을 쫓는 자는 없고?"

"없습니다."

반야금강이 단호하게 대답했다.

독웅에게서 연락이 끊기자마자 반야금강은 독웅의 흔적을 모조리 지웠다. 독웅의 뒤에 비각이 있다는 사실을 숨겨야 하기 때문이다.

"이상하지 않나, 반야?"

"……?"

"너 같으면 죽이려고 한 놈의 뒤를 캐지 않았겠느냔 말이야. 그 정도 무공을 가진 자가."

"당연히 캐겠지요."

"그치? 놈은 독옹을 발견했어. 독옹은 충성심 따윈 애초에 없는 놈이야. 한 번씩 부릴 때마다 꽤 거금을 줬거든. 그런 놈이 무영신권에게 잡혔을 때 우리 얘길 하지 않았을까? 아니, 아니. 했어."

"그럼 더 이상하군요."

반야금강도 그제야 목하진이 무엇을 생각하는지 어렴풋이 눈치채고 동조했다.

그때, 목하진의 시선이 뒤로 돌아가며 얼굴이 밝아졌다.

"왔구나, 요요."

반야금강은 목하진의 말을 듣고서야 요요의 기척을 감지할 수 있었다.

뒤를 돌아보자 한 여인이 나삼 하나만 걸친 채 목하진과 반야금강에게로 다가왔다.

'나는 지금에야 옷자락 스치는 소리를 들었다.'

반야금강은 종종 목하진을 죽이는 상상을 한다. 목하진처럼 경망스러운 자가 자신을 부린다는 사실을 받아들이기 힘든 경우가 꽤 되기 때문이다.

그러나 그럴 때마다 목하진은 말도 안 되는 간단한 방법으로 그의 의지를 꺾곤 했다. 지금처럼 아주 미묘한 차이를 보여주는 것이다.

"어머, 반야도 함께 있었네요? 그런 줄 알았으면 좀 더 걸치고 올 걸 그랬나 봐요, 각주님."

요요는 태연히 탁자에 다리를 꼬고 앉았다.

타고난 요부였다.

가린다고 한 행동이 오히려 더욱 자극적으로 비친 까닭이다.

"보기 좋은데? 반야와 무영신권이란 자에 대해 얘기하고 있었어. 안 그래도 부르려던 참인데 잘 왔다, 요요."

목하진의 말투가 이전으로 돌아갔다.

경망스러운 말과 연신 요요의 전신을 탐하는 시선을 멈추지 않았다. 반야금강은 그런 목하진이 탐탁지 않은 게 당연했다.

반양금강은 권위를 무엇보다 중요시 여겼다.

"무영신권이라니요?"

요요가 눈을 동그랗게 뜨며 물었다.

"독웅을 죽인 놈 별호야."

"예? 독웅이 죽어요?"

요요는 깜짝 놀라 자리에서 일어났다.

그러자 그녀의 은밀한 부위들이 고스란히 드러났다.

목하진의 찢어진 눈은 음욕으로 번들거렸으나 반야금강은 조금의 동요도 보이지 않았다.

"내 힘으로 하지 않고 남의 손 빌려 해결하려 했더니 벌받은 모양이다, 요요."

"남의 손이라니요?"

"난주에 있는 군림회 놈들에게 태양문을 처리하도록 손을 썼는데 보기 좋게 실패했어."

"난주요? 금가장은요?"

"난주에도 금지된 무공을 익힌 자가 있었거든. 별것 아니라 생각하고 군림회 놈들이 처리하게 했는데… 금가장 못지 않은 실력자였던 모양이다."

"…그건 아닐걸요?"

요요가 웃으며 고개를 가로저었다.

목하진의 눈빛이 날카로워진 것은 그때였다.

요요는 그 눈빛을 보고 급히 자세를 고친 후 눈을 아래로 내린 채 말을 이어갔다.

"금가장엔 장주보다 강한 자가 적어도 둘 이상은 됐어요."

"둘?"

목하진의 날카로운 시선이 풀어졌다.

"한 명은 장주의 아들이란 자고 다른 한 명은 여자였는데… 고수였어요. 그리고……."

요요의 말에 목하진은 가는 눈썹을 모으며 인상을 썼다.

금가장이 생각보다 귀찮은 존재로 여겨져 군림회에서 손을 쓰도록 할 생각이었는데, 그 빌어먹을 무영신권이란 놈 때문에 실패한 것이다.

"갑자기 그런 놈들이 어디서 나타난 거야?"

목하진의 목소리가 날카로워졌다.

'한 명이 더 있는데… 그 셋을 합친 것보다 더 강할지도 모르는 여자가 있어요.'

요요는 말을 끊고 들어온 목하진 때문에 선하연에 대한 말은 삼켜야 했다. 신경이 곤두서 있는 목하진에게 정체도 모르는 선하연의 얘기를 꺼낼 순 없었다.

망설이는 요요의 눈빛을 본 시선은 따로 있었다.

'숨기는 게 있나?'

반야금강이 선하연을 보며 이채를 띠었다.

"요요, 할 말이 남았으면 다 하는 게 어떨까?"

요요가 의외라는 눈으로 반야금강을 돌아봤다.

그런 소릴 할 수 있는 건 그녀의 눈빛을 봤다는 뜻이기 때문이다.

"뭐야, 더 남았어?"

목하진도 그제야 물었다.

"제가 금가장에 도착했을 때 여자 한 명과 노파 둘이 떠나고 있었어요."

"그런데?"

"그 여자가 저를 쳐다봤어요."

"요요를?"

"정확히는 제가 숨어 있던 곳을요."

목하진과 반야금강은 요요의 대답을 이해하지 못한 눈으로 쳐다봤다. '그게 뭐'라는 표정이었다.

"거리로 따지면 약 이십여 장 정도였어요."

역시나 이번에도 두 사람의 표정은 변하지 않았다.

"금가장 정문이 보이는 길 건너편 주루의 담장 위였고 그 사이엔 마차와 사람들이 지나다니고 있었어요."

"……!"

그제야 목하진과 반야금강의 표정에 변화가 일어났다.

이십 장이란 거리가 중요한 것이 아니라 그 사이에 있을 소리와 시선들을 떠올린 것이다.

"확실해? 그 여자가 너를 본 것이?"

목하진이 흥미롭다는 듯 물었다.

"느낌이 이상해서 곧장 자리를 벗어나서 숨어 있었어요. 아래쪽 담장 사이에서 위를 보니… 그녀가 제가 숨어 있던 곳에 서서 주위를 둘러보고 있더군요."

"호오!"

목하진이 찢어진 눈을 크게 뜨며 탄성을 터트렸다.

"빙궁의 고수가 분명해요."

"이것들 봐라?"

목하진의 입에서 묘한 어조의 말이 나왔다.

금지된 무공을 익힌 자들의 등장은 비각에 수시로 보고가 올라온다. 허나 그때마다 진벽군이나 십대고수를 보내면 그만이었다.

너무도 쉽게 정리가 돼서 오히려 지겹게 느껴지던 그들이 이번엔 제대로 준비해서 목하진 앞에 나타났다.

한곳에는 빙궁의 고수를 동반하여 비각에서 쉽게 접근하기도 어렵게 자리하고 있고, 다른 한쪽은 보낸 고수들을 뱉어내지 않은 채 웅크리고 있다.

이 얼마나 흥미로운 놈들인가 말이다.

"비각 십대고수 중 둘을 잃었는데 여기서 그만둘 수는 없지. 어딜 좀 다녀와야겠다."

목하진이 요요의 턱을 손가락으로 슥 훔치고는 걸음을 옮겼다.

요요와 반야금강이 동시에 서로를 쳐다봤다.

목하진이 어디로 갈지 어느 정도 짐작하고 있는 눈치들이었다.

"음지에선 아무래도 한계가 있으니……."

요요는 혼잣말을 하다 슬그머니 말을 흐렸다.

"요요, 비각의 임무가 세상에 알려질 거라 생각하는가?"

반야금강이 냉담한 목소리로 물었다.

"생각? 그런 거 나한텐 없는데, 어쩌죠?"

요요의 대답에 반야금강은 픽 웃고 말았다.

어쩌면 이번 일로 목하진이 소기의 목적을 달성하게 될지도 몰랐다.

음지에서 양지로의 부각.

목하진은 비각에서 평생 썩고 싶은 생각은 없다고 말하길 즐겨했다.

'각주, 그들이 금지된 무공을 익혔다고는 하지만 그것을 아는 사람이 과연 강호에 몇이나 될 것 같습니까?'

반야금강의 솔직한 생각이었다.

비각에 소속됐다고는 하지만 와룡문에 입문해 자리를 닦아온 그였다.

비각으로 오기 전, 그가 소속됐던 곳은 모두 세 군데.

와룡문주의 직속으론 오성전과 구룡전, 그리고 신풍전이 있는데, 셋을 합쳐 삼전(三殿)이라 했다. 그중 반야금강은 구룡전 소속이었다.

이유 없이 비각으로 왔을까?

'비각이 양지로 나가는 걸 윗분들은 원치 않아.'

목하진이 윗사람들을 만나러 가도 결국은 빈손으로 돌아올 것을 확신하는 이유이기도 했다.

第九章

또 다른 인연

강가장(姜家莊).

새로운 현판이 정문 위에 걸렸다.

철혈문의 공격이 있은 지 보름 만의 일이었다.

태양문에서 강가장으로 바뀌었다는 소문은 난주 전역으로 삼시간에 퍼졌고 방문자도 하나둘씩 다녀가기 시작했다.

소문이 빠르게 퍼진 데엔 강가장을 드나들기 시작한 장사꾼들 역할이 컸다.

처음엔 강가장에 필요한 식재료와 필수품을 흑광과 설미

가 마차를 구해 사왔다. 그러다 며칠이 지나자 장사꾼들이 필요한 것들을 가져왔다며 직접 마차를 몰고 찾아왔다.

철혈문과 아한선생에 대한 소문이 난 것이다.

슬그머니 묻기도 했지만 강가장의 식솔들은 입을 닫고 아무 말도 해주지 않았다.

오늘도 인근에서 고기를 파는 곽 씨가 돼지와 닭을 요리하기 좋게 다듬어 채소 등과 함께 가져다주었다.

"흑 총관님, 어떠세요?"

곽 씨는 덥수룩한 수염을 기르고 광대가 유난히 나와 좋은 인상과는 거리가 있는 사십 대 사내로, 사람의 호칭을 유난히 길게 부르는 습관을 가지고 있었다.

"뭐가 말이오, 곽 씨?"

"아, 왜… 또 누가 오지 않았냐는… 우헤헤."

곽 씨가 웃음과 함께 약간의 정보를 달라는 눈짓을 보냈다. 이런 식의 농담이 흑광에겐 통한다는 것을 몇 번의 교류로 알게 된 그였다.

"앞으론 이 정도 양을 삼 일에 한 번씩 가져다주게."

흑광은 곽 씨의 말을 무시하며 가져온 물건들을 슥 훑어봤다. 임촌의 뒷골목에서 생활하던 가닥이 있어서 굳이 물건을 살펴볼 것도 없었다.

곽 씨 같은 사람은 수완이 좋기 때문에 상대가 실망할 만한 행동을 하지 않는다. 물론 조금 더 친해지면 등쳐먹으려고 달려드는 부류도 곽 씨 같은 부류지만.

"삼 일이요? 이 양으로 삼 일에 한 번이면 다 상할 텐데……."

"요즘 훈련이 좀 고돼. 고기라도 자주 먹어야 버티지 안 그러면 얼마 못 가 해골이 될지도 몰라."

"…아! 우헤헤. 암요, 아무렴요!"

곽 씨가 갑자기 헤프게 웃으며 엄지손가락을 치켜들었다.

흑광은 피곤한 눈으로 곽 씨가 왜 그런 행동을 하는지 이해를 못해 빤히 쳐다봤다.

그러자 곽 씨는 곧바로 헛기침과 함께 물건을 놓고 재빨리 강가장을 떠났다.

"뭐야, 기분 나쁘게……."

"대형, 아, 아니, 총관님, 저자가 설 부인과 총관님을 부부로 오해한 것 같은데요?"

할 수 있는 일이 아무것도 없다던 멍두가 대수롭지 않게 한마디 하고는 잡초를 뽑기 위해 다시 허리를 숙였다.

"부부?"

"예."

멍두가 건성으로 흑광의 혼잣말에 대답을 했다.

딱!

"윽! 왜 그러세요, 대… 총관님!"

멍두가 발딱 일어서며 흑광을 쳐다봤다.

"한 번만 더 그런 소리 했다간 그 이마 확 없애 버린다."

"예? 제가 뭐랬다고요?"

"설 부인은 나 같은 놈과는 다른 분이시니까 말조심하라고. 이거나 주방으로 옮겨. 쓸데없는 소리 하지 말고."

멍두는 흑광이 사납게 쳐다보자 빠르게 대답하고는 식재료를 수레에 싣고 주방으로 갔다.

"총관님, 손님이 오셨습니다!"

멀리서 누군가 정문을 향해 손짓하는 것이 보였다.

"뭐야, 안으로… 아니다, 나가마."

흑광은 고래고래 소리치는 것이 귀찮아 직접 가보기로 했다.

정문에 도착하자 좁쌀이란 별명을 가진 녀석이 찾아온 사람을 경계 어린 눈으로 쳐다보고 있었다.

"어떻게 찾아오셨습니까?"

"강가장이란 저 현판, 누가 달았는가?"

흰머리가 그득하고 주름도 제법 있지만 곧은 자세를 보니 평범한 노인은 아니었다.

"주군께서 다셨습니다."

흑광은 공손하게 대답했다.

"주군? 그가 장주인가?"

"아닙니다."

"아니라? 허! 그게 무슨 소린가?"

"장주님은 따로 계시고, 주군도 따로 계시다는 말씀입니다."

"자네는 누군가?"

노인은 흑광이 조목조목 자세히 대답하는 것을 보더니 물었다.

"저는 강가장의 총관입니다. 흑광이라고 합니다."

"총관? 헌데 자네 주인이 장주는 아니라고?"

"예."

노인의 안색이 갑자기 딱딱하게 굳었다.

흑광이 자신에게 농을 한다고 여긴 것이다.

"강가장 자리에 강가장이 들어섰다고 해서 찾아왔더니 이 무슨 무경우인가? 허허, 이번에도 아닌 모양이군."

노인은 숨을 길게 내뱉고는 벗었던 죽립을 다시 쓰려 했다. 그 모습을 본 흑광은 노인을 그냥 보내면 안 된다는 생각이 들었다.

그냥 감이었다.

"잠시 주군을 뵙고 가시지요. 제 설명이 이상하게 들리셨을지 모르지만 말씀드린 것은 모두 사실입니다. 자세한 내용은 주군을 뵙고 직접 물어보시는 게 어떻겠습니까?"

노인은 흑광이 허리를 숙여 청하자 이채를 발했다.

겉으로 볼 땐 무식하게 생겨 먹은 자가 말과 행동이 제법 배운 티가 났기 때문이다.

노인은 정문 안쪽을 둘러봤다.

오래된 터 그대로였다.

'음? 깨끗하구나.'

노인이 본 것은 건물들이 아니었다.

사람들이 다니는 길이었다.

매일같이 사람들이 다니기라도 한 것처럼 길 위에 잡초 하나 없었다. 이런 식으로 장원을 유지하는 것은 애정이 없으면 불가능했다.

"안내해 주게."

노인의 입에서 허락이 떨어졌다.

흑광은 노인을 모시고 대전까지 왔다.

오는 내내 노인은 몇 번이나 주위를 살피느라 여념이 없었다.

"오호, 연무장을 새로 만든 모양이구려, 흑 총관?"

어느새 말투도 바뀌었다.

흑광은 자신의 판단이 틀리지 않았음을 확신했다.

"얼마 전에 일이 있어서… 다 왔습니다."

연무장을 새로 만든 이유를 설명하려면 꽤나 많은 얘기를 해야 하는데 그럴 시간이 흑광에겐 없었다.

"주군, 손님이 오셨습니다."

노인은 흑광이 대전에 대고 외치는 걸 보고 기대 어린 눈으로 문을 쳐다봤다.

문이 열리고 흑의를 입은 무백이 나왔다.

"헛!"

노인은 자신도 모르게 헛바람을 삼켰다.

마흔이 넘어 보이는 흑광이 주군이라 칭한 사람이 약관을 갓 넘은 청년이란 사실에 놀란 것이다.

한 가지 더, 티 없이 깨끗한 하얀 피부에 흔히 볼 수 없는 미남이란 것도 노인을 놀라게 했다.

"잘 오셨습니다. 안으로 드시지요."

무백은 신분도 묻지 않고 한 걸음 물러나 노인을 청했다. 간단한 동작이었으나 노인을 존중하는 모습이 고스란히 드러나 있었다.

노인은 선뜻 그러겠다고 말을 꺼내지 못했다.

이곳까지 왔는데 되돌아간다?

그럴 수는 없었다.

"잠시 실례하겠소이다."

노인이 성큼 발을 내디뎌 대전 안으로 들어갔다.

대전 안은 깔끔했다.

이전에 두진이 사용하던 물건들을 모두 버리고 탁자 하나와 병풍, 사소한 것들을 넣어둔 함 두 개만 남아 있었다.

향을 피운 것은 분명한데 향로는 보이지 않았다.

"이쪽으로 앉으시지요."

무백은 노인이 앉도록 권하고는 맞은편 의자에 앉았다.

무백의 행동은 너무도 자연스러워 오랫동안 이곳에서 지낸 사람처럼 보일 정도였다.

"둘러보시니 어떠십니까?"

"예전 기억이 나 좋았소이다. 헌데 어찌 불러야 할지… 총관이란 사람은 주군이라고 하지만 장주는 또 아니라고 하더이다."

"무백입니다."

"공손양이오."

"장주가 될 사람과 잘 아는 사이입니다."

"허허허. 예전 장주와 함께 자란 사이라오."

공손양은 장주에 대해 묻지 않았고 무백 역시 몇 대 장주인지 묻지 않았다.

"향내가 진하게… 오!"

공손양이 뒤를 돌아보다 갑자기 벌떡 일어나 뒤쪽 위패를 모셔둔 곳으로 걸어갔다. 그리고는 향을 집어 불을 붙인 후 절을 올렸다.

절을 마친 공손양은 애잔한 표정을 짓고 있었다.

"무……."

"다들 무 소협이라고 부릅니다."

"소협? 허허, 허허허."

공손양은 황당하다는 눈으로 무백을 바라봤다.

"강 자, 대 자, 기 자. 저분의 함자를 보게 될 줄이야. 강 자, 덕 자, 화 자. 친우의 아버님 함자시오. 그리고… 강달권. 내 친우였다오."

"잠시만 기다려 주시겠습니까?"

무백은 함 한 곳에서 위패 두 개를 꺼내 탁자에 올려놓았다. 그리고는 공손양에게 두 사람의 이름을 적어달라고 해서 그 종이를 위패에 넣었다.

"제가 새길 이름들이 아니기에 취한 행동이니 불쾌하시지 말아 주십시오."

공손양은 모르지만 지금 이 순간 그보다 더욱 가슴이 먹먹해진 사람은 무백이었다.

강대기의 후손 중 두 사람을 알게 된 것이다.

무백의 진심 어린 마음이 느껴졌는지 공손양은 신기한 눈이 됐다.

"무 소협, 강가장과는 어찌되는 사이인지 여쭤봐도 되겠소?"

"전대 장주님께 큰 은혜를 입었습니다."

"전대 장주님이시라면……."

공손양은 눈을 동그랗게 떴다.

그가 알고 있는 강가장의 마지막 장주는 이미 이 세상 사람이 아니기 때문이다.

무백의 나이를 감안하면 궁금해지지 않을 수 없었다.

"사연이 있습니다."

자세한 내용은 말할 수 없다는 뜻이다.

공손양은 심각한 표정을 지었다.

'들르지 말라던 늙은이들의 말을 안 들은 건 잘한 것 같은데… 장주는 없고 눈앞에는 이 도깨비 같은 청년만 있으니. 두 늙은이를 불러야 하나 말아야 하나.'

만나기로 한 장소는 강가장이 아니었다.

고향이 난주인 사람들이라 몇 해에 한 번씩은 난주에 오게 된다. 이번엔 공손양이 며칠 일찍 도착해 난주를 둘러보다 강가장의 소식을 듣고 찾아온 것이다.

"강가장 현판도 직접 다셨을 텐데 어떤 인연인지는 말해주지 못한다. 허허허. 비밀이 많으시구려."

공손양은 슬쩍 위패를 돌아봤다.

그가 본 위패는 '강대기'라 적힌 위패였다.

그전의 위패들과 달리 종이에 이름이 적혀 있었기 때문이다.

무백은 그저 웃기만 했다.

강대기에게 도움을 받았다고 한들 믿어줄 리 만무하지 않은가.

"이 늙은이는 호남 기양(祁陽)에 터를 잡고 있다오. 아직까지 멀쩡한 친우는 둘이 있는데 사천의 평무(平武)와 파중(巴中)에서 지내고 있소."

"이곳이 고향 아니십니까?"

"그래서 이리 찾아온 것 아니겠소?"

"잘 오셨습니다."

무백이 담담하게 말을 받았다.

공손양은 무백을 신기한 눈으로 쳐다봤다.

지역과 자신의 이름을 말했음에도 아무것도 모르는 태도가 아닌가?

청운만건(靑雲滿乾) 공손양.

응향부(鷹香斧) 주낙.

붕악장(鵬岳掌) 백가명.

검, 부, 장으로는 강호에 나름대로 이름을 알린 고수들이었다.

"공손 대협 덕분에 전대 장주님 두 분을 기릴 수 있게 됐습니다. 감사를 표하고 싶은데 아직 부족한 부분이 많아… 아! 며칠 묵으시며 장의 옛 모습도 알려주시고 옛일도 들려주시면 안 되겠습니까?"

무백은 진심으로 청했다.

장주도 아닌 사람이 전대 장주들의 이름을 알게 됐다며 기뻐한다. 공손양으로서는 더없이 신기한 모습이 아닐 수 없었다.

"옛 모습과 옛일이라. 허허허. 폐가 안 된다면 기꺼이 그리하리다. 헌데 두 늙은이와 만나기로 되어 있어서 며칠 후에 다시 와야겠구려."

"모셔오도록 사람을 보내겠습니다. 방은 많으니 아무 걱정 안 하셔도 됩니다."

"허허허. 고맙소, 무 소협."

공손양 역시 진심이었다.

무백은 곧 흑광을 불러 공손양이 묵을 방을 안내해 주라고 일렀다.

대전을 나서며 공손양은 다시 한 번 안을 둘러봤고 나가기 전엔 위패가 놓인 곳에 절을 올렸다.

공손양이 말한 주낙과 백가명이 강가장에 도착한 것은 이틀 뒤였다.

두 노인 역시 정기가 가득한 눈들을 하고 있었다.

"여기쯤이지, 아마?"

부리부리한 눈을 한 주낙이 걸걸한 목소리로 어딘가를 가리켰다.

무백이 내준 전각 뒤편의 외진 공간이었다.

공간이라고는 해도 장정 예닐곱 명이 앉으면 제대로 움직일 수도 없을 만큼 협소했다.

"거긴 자네가 강 장주에게 맞아 다리가 부러진 곳이고."

백가명이 가는 눈을 감다시피 하며 혀를 차곤 가슴께까지 내려온 수염을 쓰다듬었다.

"어이, 백가. 강 장주에게 맞아 팔이 부러진 사람은 그런 소리 안 해야 하는 거 아닌가?"

"파, 팔이 부러져? 내가? 헐. 없는 소리 지어내지 말게."

"이보게, 공손 가주, 뭐라 말 좀 해주게."

주낙이 백가명의 외면에 가슴을 치며 공손양을 돌아봤다.

"분명한 건 하날세."

두 노인이 공손양의 말에 귀를 기울였다.

"두 늙은이는 모두 강 장주에게 맞아 어딘가 부러졌던 사람들이란 것."

"엥?"

주낙과 백가명이 공손양의 대답에 쌍심지를 켰다.

그러나 이내 껄껄 웃으며 고개를 가로저었다.

사오십 년 전의 일이었다.

사고로 아버지를 잃은 강달권이 절치부심 권을 연마하자 세 노인도 뒤처지기 싫다며 함께 수련할 때 있었던 일들.

주마등처럼 지나가는 추억에 세 노인은 웃었다.

그때, 세 노인의 귀로 묵직한 기합성이 들렸다.

"합!"

세 노인은 서로를 쳐다봤고 호기심에 기합성이 들린 곳으로 발걸음을 옮겼다.

협소한 공간에서 벗어나 연무장 쪽으로 움직이는데 그곳에 서너 명의 강가장 식솔들이 열심히 주먹을 내뻗고 있었다.

"권을 수련하는 건가?"

주낙이 심드렁하게 입을 열었다.

"무슨 수련을 숨어서 하누."

백가명이 인상을 찌푸리며 주낙의 말을 받았다.

공손양도 강가장 식솔들의 수련하는 모습이 그리 보기 좋진 않았다. 사람도 몇 없는데 연무장을 내주면 어떻다고 저리 숨어서 수련하게 한단 말인가?

"늙은이들, 모른 척 두자고."

공손양이 먼저 돌아섰다.

"저, 저… 주먹을 내뻗기만 한다고 권인가. 쯧. 어디 가서 강가장 사람이라고 말할라."

"그만 가자니까?"

공손양이 재촉했으나 이번엔 백가명이 주낙의 옆으로 가섰다.

"무공을 배운 적이 없는 사람들이군."

"저 나이에 무공을 익히기엔 늦은 거 아닌가? 아무리 대단한 실력을 가진 장주라고 해도 저건 무리지, 무리야."

주낙이 고개를 흔들었다.

"장주가 아니라 무 소협일세. 그리고 대단하다느니 뭐니 실없는 소릴랑 살 생각 말게."

공손양은 벌써 세 번이나 무백에 대해 말해주었다.

두 노인이 도착한 것은 오전 나절인데 무백이 자리를 비워 아직 인사도 시켜주지 못한 상태였다.

"뭐야, 자넨 소문 못 들은 건가?"

백가명이 의아한 눈으로 공손양에게 물었다.

"소문?"

공손양은 의아한 눈으로 오히려 되물었다.

이럴 때 당연히 가장 큰 관심을 보여야 하는 주낙이 고개조차 돌리지 않고 있었다.

"주 노인네, 자네도 아는 건가?"

공손양이 주낙을 쳐다봤다.

"알지. 사실 그 소문이 아니었으면 이곳으로 바로 올 생각도 안 했을 게야."

"나도 그렇다네."

주낙의 대답에 백가명이 고개를 끄덕였다.

평소 주낙보다는 정보가 빠르다고 믿어왔던 공손양으로선

자존심 상하는 순간이 아닐 수 없었다.

"뭔 소문? 궁금하게 하지 말고 말해봐, 노인네들아!"

"이곳 장주에 대한 소문일세."

백가명이 말문을 열었다.

"장주? 내 몇 번을 말하나. 이곳엔 장주가 없다니까."

"밖에선 그런 건 신경도 안 써. 장주 노릇을 하는 사람이 장주인가 보다 하는 게지. 자네가 말한 무 뭐시기라는 사람에 대한 것일 게야."

주낙이 답답하다는 듯 빠르게 말했다.

"무 소협에 대한 것?"

"엄청 고수라고 하더라구."

주낙은 눈까지 반짝이며 돌아봤다.

무백을 만나봤으니 잘 알지 않느냐는 눈이었다.

"고수? 글쎄……."

공손양은 무백을 떠올려봤다.

풍기는 기도가 예사롭진 않았지만 주낙의 관심을 끌 정도의 고수인지는 알 수 없었다.

주낙은 공손양의 반응이 시큰둥한 것처럼 보이자 다시 수련하는 강가장의 식솔들에게 고개를 돌렸다.

"자네 이러긴가? 백 노인, 자네도 주 늙은이처럼 말하다 말건가?"

공손양은 눈을 가늘게 뜨며 백가명을 노려봤다.

"그럴 리가. 내가 언제 공손 노인에게 불친절한 것 봤나? 껄껄껄."

백가명이 껄껄 웃으며 공손양의 어깨를 두드려 주곤 천천히 말을 이었다.

"난주에 자리 잡고 있는 철혈문이란 곳을 아나?"

"알지. 철혈도 범격이 문주로 있다는?"

"맞네. 언제부터인가 철혈마군으로 불리는 모양이지만. 그 범격이 이곳 장주에게 당했다고 하네."

"……!"

공손양의 눈이 휘둥그레졌다.

"역시 놀라는군."

"어이, 그 정도로 놀라면 안 되지. 내가 듣기론 아한선생도 그 자리에 함께 있었다고 하더구만."

주낙이 끼어들었다.

"아한… 아… 하안? 강시?"

공손양의 목소리가 커졌다.

범격보다 강한 마두로 강시를 수족처럼 부린다는 자를 모를 리가 없었다.

"내가 언제 공손 늙은이가 오란다고 순순히 온 적 있어? 다 이유가 있는 거라고."

주낙이 심통 맞은 얼굴로 웃었다.

그러나 공손양은 아한선생이 이곳에 왔었다는 소릴 듣는
순간 다른 말은 귀에 들어오지 않았다.

그때, 백가명이 다시 공손양의 어깨를 두드렸다.

"응? 또 뭐가 더 있나?"

"있지."

백가명이 진지한 표정을 지었고 주낙 역시 굳어진 얼굴로
공손양을 쳐다봤다.

"둘 모두 이곳에서 나간 걸 본 사람이 없다고 하네. 철혈문
은 정예가 빠져 제대로 돌아가지 않고 있어 군림회에서 사람
을 파견한다는 소문이 파다해. 또, 아한선생의 흔적을 추적하
겠다며 강호도처에서 추적술의 달인들이 이 근방으로 몰려들
고 있네."

백가명도 그렇고 주낙도 그렇고 강호에서 나름 이름을 얻고
있는 고수들이다. 그런 사람들이 허황된 소문을 믿을 리 없다.

"그렇게 잔인한 사람으론 보이지 않던데……."

공손양이 혼잣말로 중얼거렸다.

"잔인? 이 사람 무슨 소리야? 정파 쪽에선 이미 영웅이나
마찬가지 취급이라고."

"영웅?"

"군림회에게 밀려 정파가 제대로 자리도 잡지 못하는 곳이

이곳 난주가 아닌가? 그런 곳에서 당당히 군림회의 지부라 불리는 철혈문주를 박살내고 거기다 산 사람을 강시로 만드는 마두까지 처치한 걸세. 당연히 영웅이지.”

주낙이 엄지손가락까지 치켜들며 무백을 칭찬했다.

백가명도 무백의 정체가 뭔지 무척 궁금해하는 표정이었다.

애기가 길어지면 다 늙은 사람들이 무백과 비무라도 겨루겠다고 할 분위기였다.

“자자, 그만하고. 방으로 돌아가세.”

공손양이 막 두 사람을 두고 돌아서려 할 때였다.

“어이쿠, 어르신들이 이곳엔 어쩐 일이십니까?”

강가장 식솔들이 수련하는 곳에서 세 노인을 아는 척하는 목소리가 들려왔다.

“흑 총관?”

공손양은 흑광을 알아보고 웃음을 지어보였다.

“총관? 자네가 총관이었나?”

주낙이 흑광을 보고 반색을 했다.

두 사람을 숙소까지 안내한 사람이 흑광이기 때문이다.

“사람이 없어 그리 됐습니다. 대대손손 가문의 영광입죠. 하하하.”

흑광이 활달하게 웃으며 다가왔다.

“저 사람들은 왜 저러고 있는 건가?”

주낙과 백가명은 흑광의 서글서글한 태도가 마음에 들었는지 격의 없이 물었다.

"보셔서 아시잖습니까? 무공 수련 중입니다."

"저렇게 서서 주먹만 뻗어서야 수련이 되나."

주낙이 혀를 찼다.

"수련이 됩니다."

흑광이 조금의 주저함도 없이 대답했다.

"그걸 자네가 어찌 아누?"

"제가 저렇게 배웠거든요."

"자네가? 누구에게?"

"주군께 배우지 누구에게 배우겠습니까."

"주군? 장주… 가 아니라 무…….."

"무 소협이라고 몇 번을 말하나? 미안하네, 흑 총관. 헌데 조금 전의 그 말이 사실인가? 무 소협에게 무공을 배웠다고?"

공손양은 나설 수밖에 없었다.

주낙과 백가명이 해준 말을 들은 상태에서 흑광의 말까지 들으니 도저히 믿기지 않은 까닭이다.

"사실입니다. 이제 몇 달 안 됐습니다."

"……"

"……"

"……"

흑광의 대답에 세 노인은 일제히 입을 벌린 채 말을 꺼내지 못했다.

그들이 볼 때 흑광은 고수였다.

그런데 무공을 배운 지 겨우 몇 달밖에 안 됐다고 한다.

무공을 익혀본 사람이라면 도저히 믿을 수 없는 말이 아닐 수 없었다.

"녀석들에겐 제가 배운 대로 지도하고 있습니다. 주군의 말씀으론 자질에 따라 달라지겠지만 꾸준히 한 자세만 유지해도 큰 도움이 될 거라 하시더군요."

흑광이 사람 좋은 웃음을 지으며 쑥스러워했다.

세 노인은 서로의 눈을 쳐다봤다.

너무 아무렇지도 않게 말하면 오히려 그 말을 믿기 힘들어지는 경우가 종종 있다. 지금이 그랬다. 세 노인 누구도 흑광의 말을 믿지 못했다.

"자네 주군은 언제 돌아오나?"

주낙이 참지 못하고 물었다.

당장 달려가 확인해 보기라도 할 심산인 것이다.

"주군께선 대전에 계십니다."

"응? 아침엔 안 계시다고 했잖은가?"

"제게 무공을 지도하실 때는 그리 말씀하도록 지시를 받아서… 아무튼 지금은 자리에 계십니다. 세 분께서 찾으신다고 알려 드릴까요?"

흑광의 말에 세 노인은 고개를 끄덕였다.

흑광이 하는 행동은 타 문파의 총관과 큰 차이가 있었다.
상대방을 편하게 해주는 데 매우 익숙한 행동과 말투였다.

"흑 총관, 자넨 이곳에 오기 전에 뭘 했었나?"

공손양이 슬쩍 물었다.

"뒷골목을 관리했었습니다."

"뒤, 뒷골목?"

"왜 있잖습니까, 자릿세나 보호비 받고… 그런 거요."

세 노인의 귀엔 건달을 다른 말로 표현하는 것처럼 들릴 뿐
이었다.

"장… 아니, 소문으론 무 소협의 무공이 엄청나다던데…
어떻게 만났나?"

주낙이 말을 돌려 물었다.

"괜찮습니다. 주군께서 우연히 싸움이 난 곳에 계시다 슥
슥, 정리하시곤 제게 다 주고 떠나셨었습니다."

흑광은 간단한 손짓으로 당시의 상황을 짧게 표현하고는
세 노인을 향해 씨익 웃었다.

굳이 길게 설명하지 않아도 알아듣기엔 조금도 불편함이
없었다.

"그리고 이곳에 와서 자네를 부른 건가?"

"아뇨. 이곳으로 갈 건데 같이 가자고 하셨지요."

흑광은 있는 그대로 모두 말했다.

그러나 그럴수록 세 노인의 표정은 좋지 않았다.

뒷골목 건달을 데려다 몇 달 만에 기를 운용할 줄 아는 고수로 만들었다는 뜻이 되기 때문이다.

믿을 수도 없지만 믿기도 싫은 재능이 아니고 뭐겠는가?

"다행이잖은가?"

공손양이 두 노인의 마음을 읽고 먼저 물었다.

"뭐가 말인가?"

"불가능할 것 같은 일을 가능하게 만들 정도의 능력 있는 사람이 강가장을 도우러 왔잖은가. 달권이 그 친구도 좋아할 게야."

공손양의 말에 주낙과 백가명이 애잔한 눈이 됐다.

오십 년 전의 그날을 세 노인은 똑똑히 기억하고 있었다. 강달권의 아버지 강덕화가 낯선 고수의 검에 맞아 비명횡사하던 그날을.

"도대체 궁금해서 안 되겠군. 흑 총관, 자네 주군을 좀 보세."

주낙이 버럭 소리 지르듯이 말하고는 성큼 대전을 향해 움직였다.

"제가 모시겠습니다, 어르신들."

흑광이 빠르게 내달려 세 노인 앞으로 나섰다.

주낙과 백가명은 기대에 차 있었다.

소문이 파다한 무영신권을 직접 보게 됐으니 당연한 일이었다.

"주군, 손님 두 분이 뵙고자 합니다."

흑광이 보고를 하고 얼마 지나지 않아 무백이 나왔다.

공손양을 맞이하던 무백의 모습 그대로였다.

무백은 공손양을 향해 포권을 취한 후 주낙과 백가명에게로 시선을 돌렸다.

"무백입니다."

무백의 인사는 짧았다.

그러나 이름을 들은 주낙과 백가명은 결코 잊을 수 없는 강렬한 인상을 받았다.

"저, 주낙이오."

"백가명이오."

주낙과 백가명은 자신들도 모르게 반 존대를 하고 말았다. 엉겁결에 나오긴 했으나 두 사람은 그 호칭이 조금도 이상하지 않다는 생각을 했다.

만통.

무백의 일곱째 의형이었던 동악의 절기가 목소리에 실린 것이다.

상대방의 뇌로 곧장 전달되게 하는 음공.

동악의 음공은 싸울 때 귀를 자극하는 것이 아니라 뇌를 자극하는 소리를 사용한다. 이는, 불문의 혜광심어(慧光心語)처럼 소리가 아닌 뜻이 전달되는 이치와 같다 할 수 있었다.

"안으로 드시지요."

무백이 공손양을 맞이할 때처럼 반보 옆으로 비켜섰다.

공손양은 웃는 얼굴로, 나머지 두 노인은 어리둥절한 표정으로 대전에 들어섰다.

주낙과 백가명은 공손양이 대전에 들어와 한 행동 그대로 했다. 방 안의 기물을 살폈고 향냄새를 좇아 돌아보다 위패가 놓인 단을 발견하고 감격에 겨운 인사를 건넸다.

"무 소협이 저분들을 기리고 있었다네."

공손양은 무백이 할 말을 알아서 설명해 주었다.

주낙과 백가명은 감회에 젖어 할 말을 잊은 채 강달권의 위패를 조심스럽게 매만지며 눈시울을 붉혔다.

"고맙소, 무 소협."

주낙이 콧등을 훔치며 말했다.

"그 말씀은 제가 드려야 할 것 같습니다. 강가장을 잊지 않고 찾아주셔서 뭐라 감사의 말을 전해드려야 할지 모르겠습니다."

가식이라곤 전혀 섞이지 않은 진실된 목소리였다.

세 노인은 무백이 권하는 탁자에 앉아서도 위패가 놓인 단을 몇 번이고 돌아봤다.

"강가장을 부활시키려 합니다."

무백은 세 노인이 어느 정도 안정을 찾자 대뜸 말을 꺼냈다.

"부… 활? 그게 무슨 뜻인지는 알고 있소, 무 소협?"

주낙이 인상을 쓰며 되물었다.

"강가장의 모든 것을 예전으로 되돌리겠다는 뜻입니다."

무백은 조금도 주저 않고 대답했다.

"모, 모든 것?"

이번엔 세 노인이 이구동성으로 되물었다.

"부(副), 명성(名聲), 무공. 전부 말입니다."

"……!"

세 노인은 할 말을 잃고 말았다.

그러다 공손양이 제일 먼저 정신을 차리고 급히 손을 내저으며 나섰다.

"부나 명성이야 그렇다 치고, 무공은 어떻게 할 셈이오?"

"익혀야겠지요."

"누가? 예전 강가장의 무공이 뭔지나 알고 있소?"

"탄궁일권."

무백의 대답에 또다시 세 노인은 침묵을 지켰다.

그저 우연히 알게 돼서 이곳까지 오게 된 것이 아니었다. 강가장에 대해 모든 것을 알고 온 것이다.

"미, 믿을 수 없소. 설마 무 소협이 탄궁일권을 알고 있다는······."

"알고 있습니다."

"······!"

세 노인은 입을 쩍 벌린 채 한동안 무백을 쳐다보기만 했다. 탄궁일권이 어떤 무공인지 세 노인은 어릴 때부터 들어서 잘 알고 있었다.

일권에 하서회랑의 물줄기를 반으로 갈랐다는 둥, 강가장이 넓어진 것도 권으로 산을 깎아 이루어졌다는 둥, 강달권으로부터 수도 없이 들었던 무공이었다.

실제로 강달권이 탄궁일권을 삼성 가량 익혔을 때 세 노인과 비무를 한 적이 있었다. 그 누구도 강달권의 일권을 막을 엄두도 내지 못했다.

그 무공을 무백이 알고 있다고 한다.

"보, 보여주시오, 무 소협. 내, 내 눈으로 확인해야겠소."

부탁은 공손양이 했지만 주낙과 백가명 역시 같은 말을 하고 싶었던 눈으로 무백을 주시했다.

"제가 보여드리는 것보다 강가장을 이을 사람이 보여드리는 것이 어떻습니까?"

"지, 지금 뭐라고 했소? 강가장을 이을 사람? 달권이 그 친구의 후손이 있다는··· 소리요?"

세 노인은 손까지 부들부들 떨며 자리에서 일어났다.

이곳에 누군가가 자리를 잡았다고 할 때마다 찾아왔다. 혹시나 강달권의 후손 중 누군가가 살아 있어 다시 강가장을 재건한 줄 알고 찾아왔다.

그러나 매번 실망하곤 돌아가야 했다.

"건강하게 잘 지내고 있습니다. 아직은… 세 분께서 보셔서 잘 아시겠지만 어느 정도 자리가 잡힌 후에나 데려올 생각입니다."

"혹시… 달권이 그 친구의 후손이… 여아요?"

"아니요. 건강한 사내아입니다."

"아이?"

무백은 더 이상 대답하지 않고 빙긋 웃기만 했다.

세 노인은 미간을 찌푸린 채 서로의 눈을 마주봤다.

'나는 탄궁일권을 보고 싶네.'

'나는 안 그렇겠나? 난주 제일 고수가 되려면 탄궁일권을 이겨야 한다는 말이 괜히 나온 것이 아니란 말이지.'

'그 일권을 볼 수 있다면 뭐든지 할 수 있네.'

세 노인은 굳이 말하지 않아도 알 수 있었다.

그동안 숱하게 많은 대화를 해왔기에 눈빛만으로도 뜻이 통하고 있는 것이다.

"언제 데려올 생각이오, 무 소협?"

공손양이 상체를 앞으로 숙이며 무백의 대답을 기다리자,

다른 두 노인 역시 같은 자세를 취했다.

"앞으로 두 달 후에 저는 떠납니다. 어딜 다녀와야 하거든 요. 늦어도 일 년 안엔 데려올 생각입니다."

"오!"

주낙의 탄성에 이어 공손양과 백가명도 짧게 소리를 냈다. 일 년만 기다리면 강달권의 후예를 볼 수 있다는 생각에 절로 탄성이 나온 것이다.

"앞으로 되도록 많은 시객을 받을 생각입니다. 혹 총관에 게 들으니 식객을 백 명 받아도 십 년 동안은 아무런 걱정할 일이 없다고 합니다. 세 분께서 강가장의 식객이 되어 주시면 안 되겠습니까?"

무백이 자리에서 일어나 세 노인에게 포권을 취했다.

세 노인은 갑작스런 제안에 어안이 벙벙한 표정이 되고 말 았다.

그리운 친구를 두고 도망쳤던 기억.

불똥이 자신들에게 튈까 고향까지 버리고 다른 지역으로 가야 했던 기억.

언제나 그들의 마음 한 곳을 아프게 건드리던 그것을 치유 할 수 있을까?

"제안 고맙소, 무 소협. 안 그래도 돌아가 봐야 뒷방 늙은 이 취급밖에 못 받는데. 허허허."

공손양이 먼저 식객이 되기로 결정했다.

"앞으로 살면 얼마나 산다고. 일 년이라. 공손 늙은이와 몇 번 싸우다 보면 지나가겠구먼."

주낙도 남기로 했다.

"이것 참. 두 노인 보고 싶어 갈 수가 없군. 나도 남기로 하지."

백가명 역시 흔쾌히 허락했다.

무백은 처음부터 세 노인을 이곳에 남게 하려는 의도는 없었다. 허나 한두 마디 나눠 보니 이 세 사람이야말로 누구보다 강가장의 재건을 기다려 왔던 사람들이란 것을 알 수 있었다.

'강 형님, 좋은 후손을 두시니 이런 복도 생기는 모양입니다.'

무백은 강민을 데려올 생각에 절로 미소가 지어졌다.

아직은 좀 더 있어야 하지만 곧 금가장만큼이나 탄탄한 자리 잡게 될 거라 믿어 의심치 않았다.

『무백』 3권에 계속…

十萬對敵劍

Fantastic Oriental Heroes

십만대적검

오채지
新무협 판타지 소설

개파 이래 한 번도 고수를 배출한 적 없는
오지의 산중문파 제종산문.

무려 십칠 대에 이르러서야 마침내 괴물 같은 녀석이 나타났다!
하지만, 그는 세상사에 초연하기만 하고,
속 터진 사부는 천일유수행(千日流水行)을 핑계 삼아
제자를 산문 밖으로 내쫓는데……

『십만대적검』!

바깥세상이 궁금하지 않았던 청년 장개산의
박력 넘치는 강호주유기!

Book Publishing CHUNGEORAM

유행이 아닌 자유추구
WWW.chungeoram.com

이문혁 장편 소설

FUSION FANTASTIC STORY

-BONG CENTER-

PURSUER
퍼슈어

「난전무림기사」, 「마협 소운강」의 작가 이문혁
그가 그려내는 현대물의 신기원!

서울 서초구 고층 빌딩 사이에 존재하는
아는 사람만 아는 미지의 건물 봉 센터.
베일에 쌓인 그곳에 오늘도
정보에 목마른 자들이 왕래한다.

정계의 비밀부터 국가 기밀까지.
혹은 사회를 떠들썩하게 만든 사건의 정보까지!
원하는 모든 것을 찾아주나,
아무나 그곳을 찾을 수는 없다!

그대여, 이런 현대물을 본 적이 있는가!
이 세상의 어둠 속에서 숨 쉬는
또 다른 세상의 이면을 즐겨라!

Book Publishing CHUNGEORAM

유행이 아닌 자유추구
WWW.chungeoram.com

김중완 장편 소설

FUSION FANTASTIC STORY

Seorin's Sword

서린의 검

2013년 봄과 함께 찾아온 청어람 추천작!
『로드 오브 마스터』, 『신검신화전』의 김중완.
그가 돌아왔다!

번개와 함께 찾아온 검.
그 검과 찾아든 기연은 운명을 개척한다!

그 어떤 누구도 그가 가는 길을 막을 수 없다!
절대 강자 서린의 호쾌한 독보를 기대하라!

"내 앞을 막지 마라! 이것이 나의 검이다!"

우리는 그를 가리켜 검의 주인, 마스터라 부른다!

『서린의 검』

Book Publishing CHUNGEORAM